文春文庫

英語で読む百人一首

ピーター・J・マクミラン

文藝春秋

目次

英語で読む百人一首

百人一首

（英訳　ピーター・J・マクミラン）

一 天智天皇《てんじてんのう》

六二六－六七一。第三十八代天皇。父は舒明天皇。中臣鎌足とともに大化の改新をなす。

出典＝『後撰集』

秋《あき》の田《た》のかりほの庵《いほ》の苫《とま》をあらみ
わが衣手《ころもて》は露《つゆ》にぬれつつ

一

In this makeshift hut
in the autumn field
gaps in the thatch
let dewdrops in,
moistening my sleeves.

二　持統天皇《じとうてんのう》

六四五―七〇二。第四十一代天皇。天武天皇の皇后でその崩御後に即位する。父は天智天皇。
出典＝『新古今集』

春《はる》過《す》ぎて夏来《なつき》にけらし白妙《しろたへ》の
衣《ころも》ほすてふ天《あま》の香具山《かぐやま》

二

Spring has passed,
and the white robes of summer
are being aired
on fragrant Mount Kagu—
beloved of the gods.

三

柿本人麻呂《かきのもとのひとまろ》

生没年不詳。宮廷歌人として持統、文武天皇に仕える。三十六歌仙の一人。詳細な伝記は不明。

出典＝『拾遺集』

足引《あしびき》の山鳥《やまどり》の尾《を》のしだり尾《を》の
ながながし夜《よ》を一人《ひとり》かも寝《ね》む

三

The
long
tail
of
the
copper
pheasant
trails,
drags
on
and
on
like
this
long
night
alone
in
the
lonely
mountains,
longing
for
my
love.

四

山辺赤人 やまべのあかひと

生没年不詳。奈良時代の宮廷歌人。柿本人麻呂と並び称される三十六歌仙の一人。
出典＝『新古今集』

田子《たご》の浦《うら》にうち出《い》でて見《み》れば白妙《しろたへ》の
富士《ふじ》の高嶺《たかね》に雪《ゆき》は降《ふ》りつつ

四

Coming out on the Bay of Tago,
there before me,
Mount Fuji—
snow still falling on her peak,
a splendid cloak of white.

五

猿丸大夫《さるまるたいふ》

生没年不詳。『古今集』真名序にその名があるものの素性不明。三十六歌仙の一人。
出典=『古今集』

奥山《おくやま》に紅葉《もみぢ》ふみわけ鳴《な》く鹿《しか》の
声《こゑ》聞《き》くときぞ秋《あき》はかなしき

五

In the deep mountains
making a path
through the fallen leaves,
the plaintive belling of the stag—
how forlorn the autumn feels.

六

大伴家持《おおとものやかもち》

七一八ごろ－七八五。従三位中納言に至る。『万葉集』編纂に関与したか。三十六歌仙の一人。

出典＝『新古今集』

かささぎの渡《わた》せる橋《はし》におく霜《しも》の
白《しろ》きを見《み》れば夜《よ》ぞふけにける

How the night deepens.
A ribbon of the whitest frost
is stretched across
the bridge of magpie wings
the lovers will cross.

七　阿倍仲麻呂《あべのなかまろ》

六九八／七〇一―七七〇。遣唐使として李白・王維らと交友。唐で客死する。
出典＝『古今集』

天《あま》の原《はら》ふりさけ見《み》れば春日《かすが》なる
三笠《みかさ》の山《やま》に出《い》でし月《つき》かも

七

I gaze up at the sky and wonder:
is that the same moon
that shone over Mount Mikasa
at Kasuga
all those years ago?

八

喜撰法師《きせんほうし》

生没年不詳。九世紀中頃の人か。『古今集』序で僧と記されるが詳細不明。六歌仙の一人。

出典＝『古今集』

わが庵《いほ》は都《みやこ》のたつみしかぞ住《す》む
世《よ》をうぢ山《やま》と人《ひと》はいふなり

八

I live alone in a simple hut
south-east of the capital,
but people speak of me as one
who fled the sorrows of the world
only to end up on the Hill of Sorrow.

九

小野小町《おののこまち》

生没年不詳。平安初期の歌人。美女の誉れ高いが詳細不明。六歌仙・三十六歌仙の一人。

出典＝『古今集』

花《はな》の色《いろ》はうつりにけりないたづらに
わが身《み》世《よ》にふるながめせしまに

九

I have loved in vain
and now my beauty fades
like these cherry blossoms
paling in the long rains of spring
that I gaze upon alone.

一〇

蝉丸《せみまる》

生没年不詳。『後撰集』の詞書には逢坂の関に住む隠遁者とあるが詳細不明。
出典＝『後撰集』

これやこの行《ゆ》くも帰《かへ》るも別《わか》れては
知《し》るも知《し》らぬも逢坂《あふさか》の関《せき》

一〇

So this is the place!
Crowds,
coming
going
meeting
parting,
those known,
unknown—
the Gate of Meeting Hill.

一一 小野篁《おののたかむら》

八〇二―八五二。従三位参議に至る。漢詩文にすぐれたが、一時隠岐島に流罪になった。

出典＝『古今集』

わたの原《はら》八十島《やそしま》かけて漕《こ》ぎ出《い》でぬと

人《ひと》には告《つ》げよあまの釣舟《つりぶね》

——

Fishing boats upon the sea,
tell whoever asks
that I have sailed away
out past countless islets
to the vast ocean beyond.

一二　僧正遍昭《そうじょうへんじょう》

八一六－八九〇。桓武天皇の孫。蔵人頭となるも後に出家。六歌仙・三十六歌仙の一人。

出典＝『古今集』

天《あま》つ風《かぜ》雲《くも》の通《かよ》ひ路《ぢ》吹《ふ》きとぢよ
をとめの姿《すがた》しばしとどめむ

一二

Breezes of Heaven, blow closed
the pathway through the clouds
to keep a little longer
these heavenly dancers
from returning home.

一三 陽成院《ようぜいいん》

八六八－九四九。第五十七代天皇。乱行ゆえに退位、六十余年を上皇として過ごす。
出典＝『後撰集』

筑《つく》波《ば》嶺《ね》の峯《みね》より落《お》つるみなの川《がは》
恋《こひ》ぞつもりて淵《ふち》となりける

Just as the Minano River
surges from the peak
of Mount Tsukuba,
so my love cascades
to make deep pools.

一四

源融《みなもとのとおる》

八二二—八九五。嵯峨天皇の子。河原左大臣。河原院などの壮大な邸宅を建てた。
出典＝『古今集』

陸奥《みちのく》のしのぶもぢずり誰《たれ》ゆゑに
乱《みだ》れそめにしわれならなくに

My heart's as tangled
as the wild fern patterns
of Michinoku's Shinobu cloth.
Since it is not my fault
whom should I blame for this?

一五　光孝天皇《こうこうてんのう》

八三〇―八八七。第五十八代天皇。五十五歳で即位。藤原基経を史上初の関白とする。
出典＝『古今集』

君《きみ》がため春《はる》の野《の》に出《い》でて若菜《わかな》つむ
わが衣手《ころもで》に雪《ゆき》は降《ふ》りつつ

For you,
I came out to the fields
to pick the first spring greens.
All the while, on my sleeves
a light snow falling.

一六 在原行平《ありわらのゆきひら》

八一八―八九三。公卿。中納言に至る。在原業平の兄。現存最古の歌合を主催。
出典＝『古今集』

立《た》ち別《わか》れいなばの山《やま》の峯《みね》におふる
まつとし聞《き》かばいま帰《かへ》りこむ

I will leave for Mount Inaba
where a single pine tree
grows on the peak,
but if I hear that you pine for me,
I will come straight home to you.

一七　在原業平《ありわらのなりひら》

八二五–八八〇。官吏。『伊勢物語』の主人公とされる。六歌仙・三十六歌仙の一人。
出典＝『古今集』

ちはやぶる神代《かみよ》も聞《き》かず龍田川《たつたがは》
唐紅《からくれなゐ》に水《みづ》くくるとは

Such beauty unheard of
even in the age of the raging gods—
the Tatsuta River
tie-dyeing its waters
in autumnal colors.

一八

藤原敏行《ふじわらのとしゆき》

生年不詳－九〇一。平安時代の官吏。能書家として知られる。三十六歌仙の一人。
出典＝『古今集』

住《すみ》の江《え》の岸《きし》による波《なみ》よるさへや
夢《ゆめ》の通《かよ》ひ路《ぢ》人目《ひとめ》よくらむ

Unlike the waves that approach
the shores of Sumiyoshi Bay,
why do you avoid the eyes of others,
refusing to approach me—
even on the path of dreams?

一九　伊勢《いせ》

生没年不詳。平安時代の女官。当代一流の女流歌人として知られる。三十六歌仙の一人。

出典＝『新古今集』

難波潟《なにはがた》みじかき蘆《あし》のふしのまも
逢《あ》はでこの世《よ》をすぐしてよとや

Are you saying, for even a moment
short as the space
between the nodes on a reed
from Naniwa Inlet,
we should never meet again?

二〇 元良親王《もとよししんのう》

八九〇－九四三。陽成天皇の第一皇子。風流好色で知られ、女性に宛てた歌多数。
出典＝『後撰集』

わびぬれば今《いま》はた同《おな》じ難波《なには》なる
みをつくしても逢《あ》はむとぞ思《おも》ふ

I'm so desperate, it's all the same.
Like the channel markers of Naniwa
whose name means 'self-sacrifice,'
let me give up my life
to see you once again.

二一　素性法師《そせいほうし》

生没年不詳。平安時代の僧。僧正遍昭の子で、父の命により出家。三十六歌仙の一人。
出典＝『古今集』

いまこむといひしばかりに長月《ながつき》の
有明《ありあけ》の月《つき》を待《ま》ち出《い》でつるかな

As you said, 'I'm coming right away,'
I waited for you
through the long autumn night,
but only the moon greeted me
at the cold light of dawn.

二二　文屋康秀《ふんやのやすひで》

生没年不詳。平安初期の官吏。二条后高子に歌人として召されたことも。六歌仙の一人。

出典＝『古今集』

吹《ふ》くからに秋《あき》の草木《くさき》のしをるれば
むべ山風《やまかぜ》を嵐《あらし》といふらむ

二二

In autumn the wind has only to blow
for leaves and grasses to perish.
That must be why the characters
'mountain' and 'wind'
together mean 'gale.'

二三 大江千里《おおえのちさと》

生没年不詳。寛平・延喜頃の官吏。在原行平・業平の甥。宇多天皇の命で『句題和歌』を選進。

出典＝『古今集』

月《つき》見《み》れば千々《ちぢ》にものこそかなしけれ
わが身《み》ひとつの秋《あき》にはあらねど

Thoughts of a thousand things
fill me with melancholy
as I gaze upon the moon,
but autumn's dejection
comes not to me alone.

二四

菅原道真《すがわらのみちざね》

八四五—九〇三。文章博士。従二位右大臣に至るも大宰権帥に左遷、同地で没する。
出典＝『古今集』

このたびは幣《ぬさ》もとりあへず手向《たむけ》山《やま》
紅葉《もみぢ》のにしき神《かみ》のまにまに

On this journey
I have no streamers to offer up.
Instead, dear gods, if it pleases you,
may you take this maple brocade
of Mount Tamuke's colors.

二五　藤原定方《ふじわらのさだかた》

八七三―九三二。三条に邸があったため三条右大臣と呼ばれた。和歌・管絃を好む。
出典＝『後撰集』

名《な》にし負《お》はば逢坂山《あふさかやま》のさねかづら
人《ひと》に知《し》られでくるよしもがな

If the 'sleep-together vine'
that grows on Meeting Hill
is true to its name,
I will entwine you in my arms
unknown to anyone.

二六

藤原忠平《ふじわらのただひら》

八八〇―九四九。摂政、関白を務め、貞信公と諡号される。日記『貞信公記』を遺す。
出典＝『拾遺集』

小倉《をぐら》山《やま》峯《みね》のもみぢ葉《ば》心《こころ》あらば
今《いま》ひとたびのみゆき待《ま》たなむ

Dear Maples of Mount Ogura,
if you have a heart,
please wait for another visit
so that His Majesty may enjoy
your lovely autumn colors.

二七
藤原兼輔《ふじわらのかねすけ》

八七七－九三三。公卿。賀茂川堤の邸に住み、堤中納言と呼ばれた。三十六歌仙の一人。

出典＝『新古今集』

みかの原《はら》わきて流《なが》るる泉川《いづみがは》
いつみきとてか恋《こひ》しかるらむ

When did you first spring into view?
Like the Field of Jars
divided by the River of Springs,
I am split in two—so deeply flows
the river of my love for you.

二八

源宗于《みなもとのむねゆき》

生年不詳－九三九。官吏。出世には恵まれず歌人として名をなす。三十六歌仙の一人。
出典＝『古今集』

山里《やまざと》は冬《ふゆ》ぞさびしさまさりける
人目《ひとめ》も草《くさ》もかれぬと思《おも》へば

In my mountain abode
it is winter
that feels loneliest—
both grasses and visitors
dry up.

二九　凡河内躬恒《おおしこうちのみつね》

生没年不詳。平安時代の官吏。紀貫之らと『古今集』を編纂する。三十六歌仙の一人。
出典＝『古今集』

心《こころ》あてに折《を》らば折《を》らむ初霜《はつしも》の
置《お》きまどはせる白菊《しらぎく》の花《はな》

二九

To pluck a stem
I shall have to guess,
for I cannot tell apart
white chrysanthemums
from the first frost.

三〇　壬生忠岑《みぶのただみね》

生没年不詳。平安時代の官吏。『古今集』撰者の一人に任ぜられる。三十六歌仙の一人。

出典＝『古今集』

有《あり》明《あけ》のつれなく見《み》えし別《わか》れより
暁《あかつき》ばかり憂《う》きものはなし

三〇

How cold the face
of the morning moon!
Since we parted
nothing is so miserable
as the approaching dawn.

三一 坂上是則《さかのうえのこれのり》

生没年不詳。平安時代の官吏。坂上田村麻呂の子孫。蹴鞠の名手とも。三十六歌仙の一人。

出典＝『古今集』

朝《あさ》ぼらけ有《あり》明《あけ》の月《つき》と見《み》るまでに
吉野《よしの》の里《さと》に降《ふ》れる白雪《しらゆき》

Beloved Yoshino—
I was sure you were bathed
in the moonlight of dawn,
but it's a soft falling of snow
that mantles you in white.

三二　春道列樹《はるみちのつらき》

生年不詳－九二〇。壱岐守に任ぜられるも赴任前に没する。伝記の詳細は不詳とされる。

出典＝『古今集』

山川《やまがは》に風《かぜ》のかけたるしがらみは
流《なが》れもあへぬ紅葉《もみぢ》なりけり

The weir that the wind
has flung across
the mountain brook
is made of autumn's
richly colored leaves.

三三　紀友則《きのとものり》

生没年不詳。貫之は従兄弟。『古今集』撰者の一人だが完成前に没する。三十六歌仙の一人。

出典＝『古今集』

久方《ひさかた》の光《ひかり》のどけき春《はる》の日《ひ》に
しづ心《こころ》なく花《はな》の散《ち》るらむ

三三

Cherry blossoms,
on this calm, lambent
day of spring,
why do you scatter
with such unquiet hearts?

三四 藤原興風《ふじわらのおきかぜ》

生没年不詳。平安時代の官吏。官位は低かったが歌人として名をなす。三十六歌仙の一人。

出典＝『古今集』

誰《たれ》をかも知《し》る人《ひと》にせむ高砂《たかさご》の
松《まつ》も昔《むかし》の友《とも》ならなくに

Of those I loved, none are left.
Only the aged pine
of Takasago
has my years, but, alas,
he is not an old friend of mine.

三五　紀貫之《きのつらゆき》

生年不詳－九四五年ごろ。『古今集』編纂の中心となる。『土佐日記』著者。三十六歌仙の一人。

出典＝『古今集』

人《ひと》はいさ心《こころ》も知《し》らずふるさとは
花《はな》ぞ昔《むかし》の香《か》ににほひける

As the human heart's so fickle
your feelings may have changed,
but at least in my old home
the plum blossoms bloom as always
with a fragrance of the past.

三六　清原深養父《きよはらのふかやぶ》

生没年不詳。平安時代の官吏。清少納言の曾祖父。有力歌人であり琴の名手でもあった。

出典＝『古今集』

夏《なつ》の夜《よ》はまだ宵《よひ》ながら明《あ》けぬるを
雲《くも》のいづこに月宿《つきやど》るらむ

On this summer night,
when twilight has so quickly
become the dawn,
where is the moon at rest
among the clouds?

三七

文屋朝康《ふんやのあさやす》

生没年不詳。平安時代の官吏であったほかは不詳。当時の有名歌人の一人であった模様。

出典＝『後撰集』

白露《しらつゆ》に風《かぜ》の吹《ふ》きしく秋《あき》の野《の》は
つらぬきとめぬ玉《たま》ぞちりける

When the wind gusts
over the autumn fields,
white dewdrops
lie strewn about
like scattered pearls.

三八 右近《うこん》

生没年不詳。平安時代の女官。九六〇年代の歌壇では高名であり、多くの歌合に加わった。

出典＝『拾遺集』

忘《わす》らるる身《み》をば思《おも》はず誓《ちか》ひてし
人《ひと》の命《いのち》の惜《を》しくもあるかな

Though you have forgotten me,
I do not worry about myself,
but how I fear for you,
as you swore before the gods
of your undying love.

三九　源等《みなもとのひとし》

八八〇－九五一。公卿。参議等とも。官吏としての経歴は残るも歌人としては不詳。
出典＝『後撰集』

浅茅生《あさぢふ》の小野《をの》の篠原《しのはら》しのぶれど
あまりてなどか人《ひと》の恋《こひ》しき

I try to conceal my feelings,
but they are too much to bear—
like reeds hidden in the low bamboo
of this desolate plain.
Why do I love you so?

四〇

平兼盛《たいらのかねもり》

生年不詳－九九〇。光孝天皇の玄孫にあたり後撰時代の有力歌人。三十六歌仙の一人。
出典＝『拾遺集』

しのぶれど色《いろ》に出《い》でにけりわが恋《こひ》は
物《もの》や思《おも》ふと人《ひと》のとふまで

四〇

Though I try to keep it secret,
my deep love shows
in the blush on my face.
Others keep asking me—
'*Who* are you thinking of?'

四一　壬生忠見《みぶのただみ》

生没年不詳。平安時代の官吏。父は壬生忠岑。当時の歌壇で活躍した三十六歌仙の一人。

出典＝『拾遺集』

恋《こひ》すてふわが名《な》はまだき立《た》ちにけり
人《ひと》しれずこそ思《おも》ひそめしか

I had hoped to keep secret
feelings that had begun to stir
within my heart,
but already rumors are rife
that I am in love with you.

四二　清原元輔《きよはらのもとすけ》

九〇八－九九〇。清少納言の父。『後撰集』撰などに当たる。三十六歌仙の一人。
出典＝『後拾遺集』

契《ちぎ》りきなかたみに袖《そで》をしぼりつつ
末《すゑ》の松山《まつやま》波《なみ》越《こ》さじとは

Wringing tears from our sleeves,
did we not pledge never to part,
not even if the waves engulfed
the Mount of Forever-Green Pines—
what caused such a change of heart?

四三　藤原敦忠　ふじわらのあつただ

九〇六－九四三。従三位権中納言に至る。琵琶の名手とされる。三十六歌仙の一人。
出典＝『拾遺集』

あひ見《み》てののちの心《こころ》にくらぶれば
昔《むかし》はものを思《おも》はざりけり

When I compare my heart
from before we met
to after we made love,
I know I had not yet grasped
the pain of loving you.

四四　藤原朝忠　ふじわらのあさただ

九一〇－九六六。平安時代の公卿。中納言に至る。笙の名手で、三十六歌仙の一人。
出典＝『拾遺集』

逢《あ》ふことの絶《た》えてしなくはなかなかに
人《ひと》をも身《み》をも恨《うら》みざらまし

If we had never met,
I would not so much resent
your being cold to me
or how I've come to hate myself
because I love you so.

四五

藤原伊尹《ふじわらのこれまさ》

九二四－九七二。「これただ」とも。才色兼備の風流人とされる。謙徳公は諡号。

出典＝『拾遺集』

あはれとも言《い》ふべき人《ひと》は思《おも》ほえで

身《み》のいたづらになりぬべきかな

'I feel so sorry for you.'
No one comes to mind
who would say that to me,
so I will surely die alone
of a broken heart.

四六

曾禰好忠《そねのよしただ》

生没年不詳。十世紀後期の官吏。偏屈な性格ゆえ社交界で孤立、多くの逸話を遺した。
出典＝『新古今集』

由《ゆ》良《ら》の門《と》を渡《わた》る舟《ふな》人《びと》梶《かぢ》を絶《た》え
ゆくへも知《し》らぬ恋《こひ》の道《みち》かな

Crossing the Straits of Yura
the boatman loses the rudder.
The boat is adrift,
not knowing where it goes.
Is the course of love like this?

四七

恵慶法師《えぎょうほうし》

生没年不詳。十世紀後半の僧。「えけい」とも。当代一流の歌人と交流を持った。
出典＝『拾遺集』

八重《やへ》葎《むぐら》茂《しげ》れる宿《やど》のさびしきに
人《ひと》こそ見《み》えね秋《あき》は来《き》にけり

How lonely this villa
has become, overgrown
with vines and weeds.
No one visits me—
only autumn comes.

四八

源重之《みなもとのしげゆき》

生年不詳－一〇〇〇。東宮に献じた百首歌は現存最古のもの。三十六歌仙の一人。
出典＝『詞花集』

風《かぜ》をいたみ岩《いは》うつ波《なみ》のおのれのみ
砕《くだ》けて物《もの》を思《おも》ふころかな

Blown by the fierce winds,
I am the waves that crash
upon your impervious rock.
Though my heart shatters,
my love rages yet.

四九

大中臣能宣 おおなかとみのよしのぶ

九二一－九九一。祭主。和歌所で『後撰集』の編纂などにあたる。三十六歌仙の一人。
出典＝『詞花集』

御《み》垣《かき》守《もり》衛《ゑ》士《じ》のたく火《ひ》の夜《よる》は燃《も》え
昼《ひる》は消《き》えつつ物《もの》をこそ思《おも》へ

This troubled heart of mine
is like the watch fire of the guards
of the palace gate—
It fades to embers by day,
but blazes up again each night.

五〇

藤原義孝 ふじわらのよしたか

九五四―九七四。官吏。若くから出家の意志があれど果たせず、疱瘡により早世する。
出典＝『後拾遺集』

君《きみ》がため惜《を》しからざりし命《いのち》さへ
長《なが》くもがなと思《おも》ひけるかな

I thought I would give up my life
to hold you in my arms,
but after a night together,
I find myself wishing
that I could live for ever.

五一

藤原実方《ふじわらのさねかた》

生年不詳－九九八。陸奥守に任ぜられ同地で没する。清少納言と恋愛関係にあったとも。

出典＝『後拾遺集』

かくとだにえやは伊吹《いぶき》のさしも草《ぐさ》
さしも知《し》らじな燃《も》ゆる思《おも》ひを

Because my feelings
are too great to put into words,
my heart blazes like the moxa
of Mount Ibuki,
with a love you cannot know.

五二

藤原道信《ふじわらのみちのぶ》

九七二－九九四。和歌の上手とされていたが二十三歳で夭折、その才能を惜しまれた。

出典＝『後拾遺集』

明《あ》けぬれば暮《く》るるものとは知《し》りながら

なほ恨《うら》めしき朝《あさ》ぼらけかな

Though the sun has risen,
I know I can see you again
when it sets at dusk.
Yet even so, how I hate
this cold light of dawn.

五三

藤原道綱母 ふじわらのみちつなのはは

九三六－九九五。藤原兼家との間に道綱を生す。日記文学『蜻蛉日記』の著者。
出典＝『拾遺集』

嘆《なげ》きつつ一人《ひとり》寝《ぬ》る夜《よ》の明《あ》くるまは
いかにひさしきものとかは知《し》る

Someone like you
may never know
how long a night can be,
spent pining for a loved one
till it breaks at dawn.

五四　高階貴子《たかしなのきし》

生年不詳－九九六。「儀同三司母」とも。関白藤原道隆の妻。漢学の素養あり詩作に優れる。

出典＝『新古今集』

忘《わす》れじの行末《ゆくすゑ》まではかたければ
今日《けふ》をかぎりの命《いのち》ともがな

You promise you'll never forget,
but to the end of time
is too long to ask.
So let me die today—
still loved by you.

五五

藤原公任《ふじわらのきんとう》

九六六―一〇四一。公卿。和歌・歌学の大家で漢詩・和歌・管絃の三才の持ち主。
出典=『千載集』

滝《たき》の音《おと》は絶《た》えてひさしくなりぬれど
名《な》こそ流《なが》れてなほ聞《き》こえけれ

The waterfall
dried up
in the distant past
and makes
not a sound,
but its fame
flows on
and on—
and echoes
still
today.

五六　和泉式部《いずみしきぶ》

生没年不詳。平安時代の女官。奔放華麗な生涯を送り、その恋模様を描くのが『和泉式部日記』。

出典＝『後拾遺集』

あらざらむこの世《よ》のほかの思《おも》ひ出《いで》に
いまひとたびの逢《あ》ふこともがな

As I will soon be gone,
let me take one last memory
of this world with me—
May I see you once more,
may I see you now?

五七

紫式部むらさきしきぶ

生没年不詳。平安時代の女官。夫との死別後、『源氏物語』『紫式部日記』を著す。
出典＝『新古今集』

めぐり逢《あ》ひて見《み》しやそれともわかぬまに
雲《くも》がくれにし夜半《よは》の月影《つきかげ》

Just like the moon,
you had come and gone
before I knew it.
Were you, too, hiding
among the midnight clouds?

五八　大弐三位《だいにのさんみ》

生没年不詳。平安中期の女官、藤原賢子。母は紫式部。「大弐三位」の名は夫の官名より。

出典＝『後拾遺集』

有馬《ありま》山《やま》猪名《ゐな》の笹原《ささはら》風《かぜ》吹《ふ》けば
いでそよ人《ひと》を忘《わす》れやはする

Blown down from Mount Arima
through Ina's low bamboo
the wind whispers,
'I swear of my love—
How could I forget you?'

五九

赤染衛門《あかぞめえもん》

生没年不詳。平安時代の女官。歌人として和泉式部と並び称される。良妻賢母の誉れ高い。

出典＝『後拾遺集』

やすらはで寝《ね》なましものをさ夜《よ》ふけて
かたぶくまでの月《つき》を見《み》しかな

I should have gone to sleep
but, thinking you would come,
I watched the moon
throughout the night
till it sank before the dawn.

六〇 小式部内侍《こしきぶのないし》

生年不詳―一〇二五。二十六歳前後に没か。母の和泉式部は娘の早世を嘆く歌を多く詠んだ。
出典＝『金葉集』

大江山《おほえやま》生野《いくの》の道《みち》のとほければ
まだふみもみず天《あま》の橋立《はしだて》

No letter's come from my mother,
nor have I sought help with this poem,
crossing Mount Oe,
taking the Ikuno Road to her home
beyond the Bridge to Heaven.

六一 伊勢大輔《いせのたいふ》

生没年不詳。平安中期の女官。和泉式部、紫式部と親交があり、歌人としても活躍した。

出典＝『詞花集』

いにしへの奈良《なら》の都《みやこ》の八重桜《やへざくら》
今日《けふ》九重《ここのへ》ににほひぬるかな

The eightfold cherry blossoms
from Nara's ancient capital
bloom afresh today
in the new capital
of the nine splendid gates.

六二　清少納言《せいしょうなごん》

生没年不詳。平安中期の女官。夫と離別後、宮廷の花形として活躍。『枕草子』の著者。

出典＝『後拾遺集』

夜《よ》をこめて鳥《とり》のそらねははかるとも
よに逢坂《あふさか》の関《せき》はゆるさじ

Wishing to leave while still night,
you crow like a cock pretending it is dawn.
As I will never meet you again,
may the guards of the Meeting Hill
forever block your passage through.

六三 藤原道雅《ふじわらのみちまさ》

九九二－一〇五四。公卿。道長の権勢に押されて家が没落、不遇の生涯を送る。
出典＝『後拾遺集』

今《いま》はただ思《おも》ひ絶《た》えなむとばかりを
人《ひと》づてならで言《い》ふよしもがな

Rather than hearing it from others,
somehow I want to find a way
to tell you myself,
just one thing—
'Now I must give you up!'

六四

藤原定頼《ふじわらのさだより》

九九五―一〇四五。公卿。正二位権中納言に至る。歌人、能書家として知られる。
出典＝『千載集』

朝《あさ》ぼらけ宇治《うぢ》の川霧《かはぎり》絶《た》えだえに
あらはれわたる瀬々《せぜ》の網代木《あじろぎ》

As the dawn mist
thins in patches
on the Uji river,
in the shallows appear
glistening stakes of fishing nets.

六五　相模《さがみ》

生没年不詳。平安中期の女官。夫の任国より相模と呼ばれた。多くの歌合に出詠。
出典＝『後拾遺集』

恨《うら》みわびほさぬ袖《そで》だにあるものを
恋《こひ》に朽《く》ちなむ名《な》こそ惜《を》しけれ

Even my sleeves may rot
from bitter tears that never dry,
but worse than that
is the tainting of my name
by this bitter love.

六六

大僧正行尊《だいそうじょうぎょうそん》

一〇五五－一一三五。修験者として名を成す。鳥羽天皇の護持僧ののち、天台座主に。
出典＝『金葉集』

もろともにあはれと思《おも》へ山桜《やまざくら》
花《はな》よりほかに知《し》る人《ひと》もなし

Mountain cherry,
let us console each other.
Of all those I know
no one understands me
the way your blossoms do.

六七 周防内侍《すおうのないし》

生年不詳－一一〇九頃。平安後期の女官として四代の天皇に仕える。歌合に出詠多数。
出典＝『千載集』

春《はる》の夜《よ》の夢《ゆめ》ばかりなる手枕《たまくら》に
かひなく立《た》たむ名《な》こそをしけれ

I would regret losing my good name
for laying my head upon your arm
offered as a pillow
for a moment as fleeting
as a spring night's dream.

六八

三条院《さんじょういん》

九七六ー一〇一七。第六十七代天皇。在位五年で眼疾を理由に道長の圧迫で退位。

出典＝『後拾遺集』

心《こころ》にもあらで憂《う》き世《よ》にながらへば

恋《こひ》しかるべき夜《よ》半《は》の月《つき》かな

Though against my wishes,
I must live on in this world of pain.
But when I look back
I will surely recall you fondly,
Dear Moon of this darkest night.

六九

能因法師《のういんほうし》

九八八－没年不詳。通称・古曾部入道。和歌を藤原長能に学び、諸国を行脚しつつ歌作。

出典＝『後拾遺集』

あらし吹《ふ》く三室《みむろ》の山《やま》のもみぢ葉《ば》は
龍田《たつた》の川《かは》の錦《にしき》なりけり

Blown by storm winds,
Mount Mimuro's
autumn leaves have become
the river Tatsuta's
richly hued brocade.

七〇　良暹法師《りょうぜんほうし》

生年不詳－一〇六四頃。天台宗祇園感神院別当。歌人として数度の歌合に出詠した。
出典＝『後拾遺集』

さびしさに宿《やど》を立《た》ち出《い》でてながむれば
いづくも同《おな》じ秋《あき》の夕暮《ゆふぐれ》

With a lonely heart,
I step outside my hut
and look around.
Everywhere's the same—
autumn at dusk.

七一　源経信《みなもとのつねのぶ》

一〇一六－一〇九七。公卿。正二位大納言に至る。詩歌管絃に通じ、歌合の出詠多数。
出典＝『金葉集』

夕《ゆふ》されば門田《かどた》の稲葉《いなば》おとづれて
蘆《あし》のまろ屋《や》に秋風《あきかぜ》ぞ吹《ふ》く

As evening draws near
in the field before the gate
the autumn wind visits,
rustling through the ears of rice,
then the eaves of my reed hut.

七二　祐子内親王家紀伊《ゆうしないしんのうけのきい》

生没年不詳。平安後期の女官。祐子内親王に出仕、歌人として多くの歌合に出詠している。

出典＝『金葉集』

音《おと》に聞《き》く高師《たかし》の浜《はま》のあだ波《なみ》は
かけじや袖《そで》の濡《ぬ》れもこそすれ

I stay well away
from the famed Takashi shore,
where the waves, like you,
are treacherous.
I know if I get too close to either,
my sleeves will end up wet.

七三　大江匡房《おおえのまさふさ》

一〇四一－一一一一。公卿、漢学者。正二位権中納言に至る。多くの著書を遺した。
出典＝『後拾遺集』

高砂《たかさご》の尾上《をのへ》の桜《さくら》咲《さ》きにけり
外山《とやま》の霞《かすみ》立《た》たずもあらなむ

How lovely the cherry blossoms
blooming high
on the peaks of Takasago.
May the mists in the foothills
not rise to block the view.

七四

源俊頼《みなもとのとしより》

一〇五五－一一二九。官吏。多数の歌合で作者・判者を務めた。『金葉集』の撰者。
出典＝『千載集』

うかりける人《ひと》を初瀬《はつせ》の山《やま》おろしよ
はげしかれとは祈《いの》らぬものを

I pleaded with the Goddess of Mercy
for help with she who was cold to me
but, like the wild winds of Hatsuse,
she became fiercer still.
It is not what I prayed for.

七五　藤原基俊《ふじわらのもととし》

一〇六〇－一一四二。官吏。名門の出だが官途は不遇。源俊頼とともに歌壇を指導。
出典＝『千載集』

契《ちぎ》りおきしさせもが露《つゆ》を命《いのち》にて
あはれことしの秋《あき》もいぬめり

I believed in you with all my heart
but again this autumn passed,
filled with sadness. Your promises—
but vanishing dewdrops
of the mugwort blessing!

七六

藤原忠通《ふじわらのただみち》

一〇九七ー一一六四。関白、摂政、太政大臣を歴任。後援者として歌壇の形成に貢献。

出典＝『詞花集』

わたの原《はら》漕《こ》ぎ出《い》でて見《み》れば久方《ひさかた》の

雲居《くもゐ》にまがふ沖《おき》つ白波《しらなみ》

Rowing out on the vast ocean,
when I look all around
I cannot tell apart
white billows in the offing
from the far-off clouds.

七七　崇徳院《すとくいん》

一一一九—一一六四。第七十五代天皇。保元の乱に敗れ、讃岐で憤死。和歌を好んだ。
出典＝『詞花集』

瀬《せ》をはやみ岩《いは》にせかるる滝川《たきがは》の
われても末《すゑ》に逢《あ》はむとぞ思《おも》ふ

Like water rushing down
the river rapids,
we may be parted
by a rock, but in the end
we will be one again.

七八

源兼昌《みなもとのかねまさ》

生没年不詳。平安後期の官吏。歌人として堀河院歌壇に属し、多くの歌合で活躍した。
出典＝『金葉集』

淡路島《あはぢしま》かよふ千鳥《ちどり》の鳴《な》く声《こゑ》に
いく夜寝《よね》ざめぬ須磨《すま》の関守《せきもり》

Barrier Guard of Suma,
how many nights
have you been wakened
by the lamenting plovers
returning from Awaji?

七九

藤原顕輔　ふじわらのあきすけ

一〇九〇－一一五五。公卿。正三位左京大夫に至る。『詞花集』の撰者を務める。

出典＝『新古今集』

秋風《あきかぜ》にたなびく雲《くも》のたえまより

もれいづる月《つき》の影《かげ》のさやけさ

Autumn breezes blow
long trailing clouds.
Through a break,
the moonlight—
so clear, so bright.

八〇　待賢門院堀河《たいけんもんいんのほりかわ》

生没年不詳。平安後期の女官。待賢門院（藤原璋子）に仕えた。西行と親交があった。
出典＝『千載集』

長《なが》からむ心《こころ》も知《し》らず黒髪《くろかみ》の
乱《みだ》れて今朝《けさ》は物《もの》をこそ思《おも》へ

八〇

After you left this morning
my raven locks were full of tangles,
and now—not knowing
if you will always be true—
my heart is filled with tangles, too.

八一

藤原実定《ふじわらのさねさだ》

一一三九－一一九一。左大臣に至り、後徳大寺左大臣と呼ばれる。詩歌管絃に優れる。

出典＝『千載集』

ほととぎす鳴《な》きつる方《かた》をながむれば
ただ有明《ありあけ》の月《つき》ぞのこれる

I look out to where
the little cuckoo called,
but all that is left to see
is the pale moon
in the sky of dawn.

八二

道因法師《どういんほうし》

一〇九〇－没年不詳。僧。従五位上右馬助に至り、出家。歌人として多くの歌合に出詠。

出典＝『千載集』

思《おも》ひわびさても命《いのち》はあるものを
憂《う》きにたへぬは涙《なみだ》なりけり

I somehow live on,
enduring this harsh love,
yet my tears—
unable to bear their pain—
cannot help but flow.

八三　藤原俊成《ふじわらのとしなり》

一一一四－一二〇四。「しゅんぜい」とも。公卿。藤原定家の父。独自の歌論を確立。
出典＝『千載集』

世《よ》の中《なか》よ道《みち》こそなけれ思《おも》ひ入《い》る
山《やま》のおくにも鹿《しか》ぞ鳴《な》くなる

There's no escape in this sad world.
With a melancholy heart
I enter deep in the mountains,
but even here I hear
the plaintive belling of the stag.

八四　藤原清輔　ふじわらのきよすけ

一一〇四－一一七七。官吏。藤原定家らと競いつつ歌壇を指導する。『続詞花集』撰者。

出典＝『新古今集』

ながらへばまたこのごろやしのばれむ
憂《う》しとみし世《よ》ぞ今《いま》は恋《こひ》しき

Since I now recall fondly
the painful days of the past,
if I live long, I may look back
on these harsh days, too,
and find them sweet and good.

八五　俊恵法師《しゅんえほうし》

一一一三－没年不詳。僧、源俊頼の子。歌会を主催して、歌壇を指導する。弟子に鴨長明。

出典＝『千載集』

夜《よ》もすがら物思《ものおも》ふころは明《あ》けやらぬ
閨《ねや》のひまさへつれなかりけり

I spent the night in longing
but the day would not break
and even gaps in the shutters
were too cruel
to let in a sliver of light.

八六　西行法師《さいぎょうほうし》

一一一八－一一九〇。北面武士として鳥羽上皇に仕えたのち出家。各地を旅し作歌。
出典＝『千載集』

歎《なげ》けとて月《つき》やは物《もの》を思《おも》はする
かこち顔《がほ》なるわが涙《なみだ》かな

It is not you, Dear Moon,
who bids me grieve
but when I look at your face
I am reminded of my love—
and tears begin to fall.

八七　寂蓮法師《じゃくれんほうし》

生年不詳－一二〇二。御子左家の有力歌人。『新古今集』の撰者となるも中途で没する。

出典＝『新古今集』

村雨《むらさめ》の露《つゆ》もまだひぬまきの葉《は》に
霧《きり》たちのぼる秋《あき》の夕暮《ゆふぐれ》

The sudden shower
has not yet dried.
From the leaves of black pines,
wisps of fog rise
in the autumn dusk.

八八　皇嘉門院別当《こうかもんいんのべっとう》

生没年不詳。十二世紀末の女官。皇嘉門院（藤原聖子）に仕える。
出典＝『千載集』

難波江《なにはえ》の蘆《あし》のかりねのひとよゆゑ
みをつくしてや恋《こ》ひわたるべき

For the sake of one night
on Naniwa Bay,
short as the nodes
of a root-cut reed,
must I love you with all my heart?

―八九―式子内親王《しょくしないしんのう》

一一四九－一二〇一。後白河天皇の第三皇女。賀茂斎院となり、女流歌人として名高い。

出典＝『新古今集』

玉《たま》の緒《を》よ絶《た》えなば絶《た》えねながらへば
しのぶることの弱《よわ》りもぞする

Should I live longer
I could not bear this secret love.
Jeweled thread of life
since you must break—
let it be now.

九〇　殷富門院大輔

いんぷもんいんのたいふ

生没年不詳。平安－鎌倉時代の女官。殷富門院に仕える女房で、歌人として知られた。
出典＝『千載集』

見《み》せばやな雄島《をじま》の海人《あま》の袖《そで》だにも
濡《ぬ》れにぞ濡《ぬ》れし色《いろ》は変《かは》らず

How I would like to show you—
the fishermen's sleeves of Ojima
are drenched, but even so
have not lost their color,
as mine have, bathed in endless tears.

九一　藤原良経《ふじわらのよしつね》

一一六九－一二〇六。従一位摂政太政大臣に至る。『新古今集』の仮名序を書く。

出典＝『新古今集』

きりぎりす鳴《な》くや霜夜《しもよ》のさむしろに

衣《ころも》かたしき一人《ひとり》かも寝《ね》む

The crickets cry
on this frosty night
as I spread my robe for one
on the cold straw mat
where I shall sleep alone.

九二　二条院讃岐《にじょういんのさぬき》

生没年不詳。女房として二条天皇に仕えた。『千載集』当時より女流歌人として知られる。

出典＝『千載集』

わが袖《そで》は潮《しほ》干《ひ》に見《み》えぬ沖《おき》の石《いし》の
人《ひと》こそ知《し》らねかわくまもなし

My tear-soaked sleeves

are like rocks in the offing.

Even at low tide

you never notice them,

nor can they ever dry.

九三 源実朝《みなもとのさねとも》

一一九二－一二一九。鎌倉幕府三代将軍。京都文化を愛し和歌を定家に学ぶが暗殺される。

出典＝『新勅撰集』

世《よ》の中《なか》はつねにもがもななぎさこぐ
あまの小舟《をぶね》の綱手《つなで》かなしも

That such moving sights
would never change—
fishermen rowing
their small boats,
pulling them onto shore.

九四

藤原雅経　ふじわらのまさつね

一一七〇－一二二一。公卿。後鳥羽院に歌才を認められ、多くの歌合・歌会に参加する。

出典＝『新古今集』

み吉野《よしの》の山《やま》の秋風《あきかぜ》さ夜《よ》ふけて
ふるさと寒《さむ》く衣《ころも》うつなり

A cold mountain wind blows down
on the old capital of Yoshino,
and as the autumn night deepens
I can hear the chilly pounding
of cloth being fulled.

九五

前大僧正慈円《さきのだいそうじょうじえん》

一一五五－一二二五。一一九二年、天台座主となる。新古今時代の代表歌人の一人。

出典＝『千載集』

おほけなく憂《う》き世《よ》の民《たみ》におほふかな

わがたつ杣《そま》に墨染《すみぞめ》の袖《そで》

Though I am not good enough,
for the good of the people,
here in these wooded hills
I'll embrace them with my black robes
of the Buddha's Way.

九六

藤原公経《ふじわらのきんつね》

一一七一－一二四四。従一位太政大臣。承久の乱後に栄華をきわめ、宮中和歌で活躍。
出典＝『新勅撰集』

花《はな》さそふあらしの庭《には》の雪《ゆき》ならで
ふりゆくものはわが身《み》なりけり

As if lured by the storm
the blossoms are strewn about,
white upon the garden floor,
yet all this whiteness is not snow—
it is me who withers and grows old.

――九七――藤原定家　ふじわらのさだいえ

一一六二―一二四一。公卿。歌壇の中心人物。『新古今集』『小倉百人一首』等の撰者。

出典＝『新勅撰集』

来《こ》ぬ人《ひと》をまつほの浦《うら》の夕《ゆふ》なぎに
焼《や》くや藻《も》塩《しほ》の身《み》もこがれつつ

Pining for you
who does not come,
I am like the salt-making fires
at dusk on the Bay of Waiting—
burning bitterly in flames of love.

九八

藤原家隆《ふじわらのいえたか》

一一五八－一二三七。公卿。後鳥羽院歌壇の歌合・歌会に参加。『新古今集』の撰者。
出典＝『新勅撰集』

風《かぜ》そよぐ楢《なら》の小川《をがは》の夕暮《ゆふぐれ》は
みそぎぞ夏《なつ》のしるしなりける

A twilight breeze rustles
through the oak leaves
of the little Oak Brook,
but the cleansing rites
tell us it is still summer.

九九　後鳥羽院《ごとばいん》

一一八〇－一二三九。第八十二代天皇。歌壇に大いに寄与した。倒幕に失敗し隠岐に配流。

出典＝『続後撰集』

人《ひと》もをし人《ひと》もうらめしあぢきなく

世《よ》を思《おも》ふゆゑに物《もの》思《おも》ふ身《み》は

Though it is futile to ponder
the ways of the world,
I am lost in desolate musing—
I have loved some and hated others,
even hated the ones I love.

一〇〇 順徳院《じゅんとくいん》

一一九七－一二四二。第八十四代天皇。後鳥羽院とともに倒幕を図り佐渡に配流。

出典＝『続後撰集』

ももしきや古《ふる》き軒端《のきば》のしのぶにも
なほあまりある昔《むかし》なりけり

一〇〇

Memory ferns sprout in the eaves
of the old forsaken palace.
But however much I yearn for it,
I can never bring back
that glorious reign of old.

あとがき

ピーター・J・マクミラン（小山太一訳）

私はアイルランドの田園地帯のただなかに位置するキルデアという小さな州で育ったのだが、二十《はたち》の時、二度と戻れぬ覚悟で故郷を後にした。田舎では、広大な夜空をどこまでも見渡すことができた。旅立ちの前夜にも美しい月が空に明るく輝いており、私は夜ふけまで流れ星に願いをかけつづけた。心には、青春の明るい希望が満ち溢れていた。

眠りについたあと、夢を見た。私は自分たちの家の上空を飛びながら下にいる母に手を振るのだが、そこまで降りてゆくことはできない。翌朝の朝食時にこの夢を母に話すと、母は泣きだした。私が二度と戻らない予兆だというのだ。口には出せなかったが、私はその時すでに母の言うことが正しいと分かっていたので、うかつな話をして母親を悲しませてしまった自分を恥じた。その朝、私は米国に向かい、大学院生となった。以来、アイルランドを再訪したのは何度かのごく短い休暇だけである。

小倉百人一首で七番に位置する阿倍仲麻呂《あべのなかまろ》の歌は、故郷を離れるという経験を私に思い出させる。この歌は古今集に収録されており（四〇六番）、阿倍仲麻呂が唐の地で詠んだという趣旨の注が付せられている。仲麻呂が遣唐使の一員として入唐したのは七一七年のことだった。七五三年に仲麻呂は帰国を試みるが、乗船が安南（ベトナム）沖で難破して唐への逆戻りを余儀なくされた。結局、仲麻呂は一度も故国へ帰ることなく唐で生涯を終えることになる。

仲麻呂の歌を読むと、私は愛する故郷の地を慕わしく懐かしく思い浮かべ、「地球の反対側にいる母よ、どうか元気でいておくれ」と祈りたくなる。今では、別れて過ごした年月が共に暮らした時間よりはるかに長くなってしまったが、母から受け継いだ文才は私の人生の最も大きな宝である。一日たりとて、私が母を想わぬことはない。母のおかげで、私は詩と文学を愛する人間に育ったのだから。そこには当然、日本の詩も含まれる。

そのうちのひとつが、小倉百人一首である。この歌集を愛読するあまり、私は収録された歌のほとんどを自分の人生の何らかの側面と結びつけるようになった。私の生き方に最も大きな変化をもたらした書物を挙げるとすれば、それは小倉百人一首（以下「百人一首」）だろう。それぞれの歌にこもった力が私自身の人生経験をよみがえらせるという点もさることながら、何よりも百人一首は、日本の文化および日本人の心の奥深くへと向かう旅路における重要な橋渡しの役をつとめてくれた。また、百人一首が私の人生行路に及ぼした影響の主たるものは、旧版の拙訳（日本語版は『英詩訳・百人一首 香り立つやまとごころ』集英社新書、二〇〇九年）が出版後に米国と日本で二つの翻訳文学賞を与えられ、この重要な歌集の翻訳者という立場で私の名が突如として世に知られるようになったことである。この翻訳が呼び込んだ講演やメディア出演をきっかけに、私の公人としての生活は始まった。私の仕事のこの一面は今日まで続いており、現在でも百人一首について話すよう求められる機会は多い。新訳は二〇一七年にペンギン・ブックスから出版の予定であり、幸い日本でも二〇一七年に文藝春秋から『英語で読む百人一首』として発刊の運びとなった。

百人一首を翻訳するという仕事は、私の人生にもうひとつの転機をもたらした。百人一首を通じて、古今の最も偉大な日本研究者のひとりであるドナルド・キーンの知遇を得ることができたのである。ありがたいことに、キーンは私の旧訳を読んで序文を寄せることを引き受け、私の訳しぶりを高く評価してくれた。それから始まった友情は、長い時間をかけて豊かに花開いた。ドナルド・キーンはまた、拙訳『伊勢物語 *The Tales of Ise*』にも序文を寄せてくれた。キーンはこの上なく高潔な人格者であり、より若い書き手や翻訳者たちに対する彼の助力は絶えざる励みとなっている。

初めて翻訳に手をつけてから十年以上が経った今でも、私は百人一首を限りない魅惑と神秘の書だと思う。この新訳においては、より原典に忠実に、短歌形式のレトリカルな側面にいっそう意を払うよう心がけた。このように、百人一首は私という人間の重要な一部となっており、ある意味では、私を日本人たらしめてくれた書物でもある。

もっとも、百人一首との初めての出会いは、さほど愉快なものではなかった。それは二十五年ばかり前、長野県の黒姫高原に友人たちとスキーに行ったときのことだった。友人が会社の保養所を使えたので、黒姫にはよく一緒に訪れたのである。そこは素晴らしい自然に恵まれた場所で、ことに夏の景色はアイルランドの故郷を思い出させた。村に住んでいるキリスト教の宣教師たちが林檎とルバーブのパイを売っていたし、冬には大地を深い雪が覆った。今でも覚えているのは、私たちが泊まっている丸太小屋の床板の穴から白いオコジョが顔を出し、あたりを見回したかと思うとまた引っこんでしまった様子だ。まるでお伽噺《とぎばなし》のようなあの場面は、思い出すたびに私の心を喜びで満たしてくれる。

黒姫に滞在中、百人一首のかるた取りをやってみようという話が出たことがある。聞いただけでも楽しそうな遊びだった。ところが、その場にいた友人のひとりがひどく気難しいことを言い出した。彼は小馬鹿にしたような口調で、「外国人に日本の詩や文化が分かるはずがない」と私に向かって決めつけた。ちょうどそのころ日本語の学習に最大限の努力を傾けていた私は深く傷ついた。そして今でも私は、日本の文化はあまりに独自なので日本人にしか理解できないなどという説を信じていない。日本人の大多数は私の日本研究に対してこの上なく親切で好意的なのだが、それでもたまに、日本語を流暢《りゅうちょう》に話す外国人に深い疑いの眼を向け、外国人にも日本の文化が理解できるという事実を認めようとしない人に出会うことはあった。今から振り返れば、私がその後手がけた百人一首の英訳が文学賞を二つ獲得したのは皮肉な成り行きだ。当時は、例の友人も私もそんなことを予想だにしなかったのだから。そればかりか、日本の詩歌を翻訳することは今や私の人生の不可欠な一部分となっている。私の英訳で百人一首が初めて理解できたと話してくれる日本人が、当時から今に至るまで大勢いる。これに勝る讃辞を私は知らない。

先に触れたとおり、私に詩心を植えつけてくれた第一の人物は母である。遠く離れた地から母を想い、私は阿倍仲麻呂の歌を故郷のキルデアに当てはめてみた。

Is that the same moon
that I see in the vast sky tonight
that was rising
over the hills of Kildare
all those years ago?

天の原ふりさけ見ればキルデアなる我がふるさとに出でし月かも

それをもとに、母への詩がもうひとつ生まれた。

Are you well?

At night I say a prayer for you.
Though so far away,
we are bathed in the light
of the same autumn moon.

ご機嫌いかがですか？
夜になると、あなたのために祈ります。
身は遠く離れても、
二人に注ぐ光は
同じ秋の月。

故郷に戻ることはなくとも、小さいころに母が育《はぐく》んでくれた文学愛は今でも私の中にある。この文学愛がやがて日本の詩歌に対する愛となり、その愛を——翻訳を通じて——英語圏の人々と分かち合いたいという望みを生んだのである。私が初めて手がけた翻訳は、愛する百人一首だった。仲麻呂が歌った月のイメージを通して母をそばに感じることができたのと同じように、これら百首の歌はすべて、私の魂を慰めてくれる故郷《ふるさと》である。

百人一首を翻訳すること

百人一首は日本のあらゆる詩歌集のなかで最も愛され、広く読まれてきたものであり、一八六五年には日本文学で最初に英訳された作品となった（訳者はフレデリック・ヴィクター・ディキンズ）。英語だけでも、一ダースを超える翻訳が存在する。この作品が訳者に突きつける難題は数多い。いくつか例を挙げるならば、語呂合わせと言葉遊びの処理、和歌における表現の決まり事、それぞれの歌がはらむいくつもの解釈、主語の扱い、形式の問題などだ。

語呂合わせと言葉遊びは日本の伝統的な精神を理解する鍵のひとつであり、連想《アソシエーション》を愛する心と深い関わりがある。連想こそは、日本の伝統文化・現代文化の核心だと言っても過言ではあるまい。連想を愛する心が先にあってそこから言葉遊びが生まれたのか、日本語における語呂合わせと言葉遊びのたやすさのゆえに日本人が連想を愛するようになったのか、この点はなかなか難しいところだ。いずれにしても、連想への愛は日本文化のあらゆる面に浸透している。つながりの愛好——「縁《えん》」という概念にそれはよく表われている——にしてもそうだし、茶道具が掛軸と照応する茶道も然り。詩においては、数多くの連想を持つ言葉が重なって内的な響き合いと言語上の遊戯性が生じる。また、視覚芸術も連想の作用を幅広く用いてきた。

日本語には無数の同音異義語が存在するので、語呂合わせを用いて単語やイメージの間に連想を生じさせることが容易である。思うに、落語における洒落《しゃれ》は——そして、広告のコピーや漫才をはじめとする数多くの現代文化も——和歌における言葉遊びが起源となっているのではないか。百人一首もまた、そのような言葉遊びや連想に満ちている。二七番、三九番、五五番がいい例だ。

歌の配列にも、連想が働いている。百人一首の序盤と終盤には龍田川《たつたがわ》の有名な紅葉《もみじ》を詠んだ歌（一七番と六九番）が配せられ、それらはさらに、錦繡《きんしゅう》を主題とする別の歌（二四番、二六番）と照応している。物事の暗示、同じ種類の文飾の繰り返しによっても、同様の効果が生まれる。例えば白いものや衣にかかる枕詞である「白妙《しろたへ》の」が二首（二番と四番）で繰り返されている。この場合、二首は意図的に近くに配置され、より大きな響き合いを作り出している。

日本の詩は脚韻を踏むことを避け、強勢《アクセント》の配置による歩格《ミーター》ではなく音の数によるリズム——音律——に依拠している。それゆえ、日本の古典詩を英訳するにあたっては、自由詩《フリー・ヴァース》の形が一番しっくりする。もっとも、日本の古典詩および現代の短歌——古典和歌と同じ形式を用いる詩——は、和歌・短歌の「五・七・五・七・七」と同じ音節数で訳されるべきだと主張する向きもある。この意見に従えば、すべての訳は同じ三十一音節で行われるわけだが、それは英語においては不自然かつ無意味な束縛となるだけだろう。

原典が持っている形式の感覚を伝えるため、私は一首を五行で訳した。解釈は原則として百人一首の撰者である藤原定家《ふじわらのさだいえ》に従ったが、いくつかの例では、それぞれの歌の初出歌集での解釈に依拠した。

翻訳を試みる者にとって最大の難関は、語呂合わせと言葉遊びの豊富さだろう。可能なときには原典の言葉遊びや語呂合わせを取り込むようにした。ただし留意していただきたいのは、英語の語呂合わせが軽妙な（時には子供っぽい）言葉遊びの形式と見なされている一方で、日本の古典文学において語呂合わせは詩人の技巧の表われとして称賛されたという点である。英語と違って日本語では語呂合わせが非常に容易なのだが、日本語の多彩な語呂合わせに対応する英語の語呂合わせを考え出すのはかなり難しい。のみならず、ノンセンス詩や子供向けの詩を別にすれば、現代の英語詩ではこうした語呂合わせや言葉遊びは受けが悪い。語呂合わせを移植することができても、英語詩を読みなれた大人の読者に受け入れてもらえるとは限らないのである。したがって翻訳者は、不要な滑稽味を帯びることなく語呂合わせを訳せるのはどこまでか、引き裂かれるような思いを常に味わうことになる。

ちなみに百人一首には、日本語と英語でまったく同じ意味になる語呂合わせがひとつ存在する。一六番がそれだ。「まつ」は「松」にも「待つ」にもなるが、英語の pine《パイン》 にも、「松の木」と「（人を）待ち焦がれる」という意味がある。

立ち別れいなばの山の峯《みね》におふるまつとし聞かばいま帰りこむ

I will leave for Mount Inaba
where a single **pine** tree
grows on the peak,
but if I hear that you **pine** for me,
I will come straight home to you.

翻訳で遊ぶもうひとつの方法に、掛詞を英語のルビで表わすというのがある。例えば、六〇番の「ふみ」は「踏み」であり「文（手紙）」でもある。英語では、stamp《スタンプ》が「踏む」と「郵便切手」の両方の意味を持っている。「いくの」は地名の生野であるとともに「行く野」でもあるから、「いくのみち」は「私がたどってゆく道」とも読めるわけだ。go it alone には二つの意味があり、「一人で旅をする」という意味と人に頼らずに「一人で和歌を創る」という意味である。二種類の訳を比べてみると、もうひとつの問題が明らかになる。次のような翻訳は直接的だが、あまりに情報量が少ないので読者には何のことやら分からない。

As they are so far away
I have not set foot on Mount Ōe

or the road to Ikuno《go it alone》
nor have I received a letter《stamp》
from the Bridge to Heaven.

第二の翻訳は歌の背景を多少とも取り入れて、詩全体の意味が通るようにしてある。

No letter's《stamp》 come from my mother
to aid my poem, nor have I sought her help,
crossing Mount Ōe,
taking the Road to Ikuno《go it alone》
to her home beyond the Bridge of Heaven.

また三九番は、まばらに生える茅の中に篠竹が生い茂っている様子にかけて、隠そうとしても隠しきれない恋心を詠んでいる。それを表現するために、ちょっとした暗号を忍ばせておいた。

I try to conceal my feelings,
but **they** are too much to bear—

like **reeds** **hidden** in the **low** bamboo
of this desolate plain.
Why do I love you so?

太字になっている文字を読むと「they show」となり、隠したかった自分の気持ちが表れてしまうということを示すことができる。和歌の巧みなレトリックを、このように英語ならではの形で再現することも、翻訳における挑戦であり、また醍醐味であるとも言えるだろう。

日本の古文におけるもうひとつの重要な問題は主語がしばしば省略されるということであって、そのため翻訳ではついつい能動態ではなく受動態を使いたくなる。例えば、五番では「紅葉《もみぢ》ふみわけ」の主語を鹿と取るか詠み人と取るかで二通りの解釈が可能だが、こうした詩を読むにあたっては解釈の揺れも愉しみなのである。私が最終的に採用した訳は能動態で主語を立ててあるが、主語のない原文をより逐語的に訳せばこのようになる。

Hearing that sound
how forlorn the autumn—

Rustling through the leaves
and going deeper into the mountains,
the plaintive deer belling for his doe.

だが、日本語は言わずにおく部分が多い。主語がないからといって、詠み人ではなく鹿が奥山に分け入りつつあるのだと読者が考えるよう、詠み人が望んでいたというわけでは必ずしもない。とはいえ、われわれ読者が文法にとらわれず両方の解釈を享受することを詠み人が望んでいるという証拠もやはり存在しないのだ。

一方、ロマン主義以降の英語文学には「私」を主語とする強い主観的な声を通じて世界を表象しようとする傾向がある。その姿勢を世に広めたのが、例えばワーズワースの「私は一片の雲のごとく孤独にさまよい歩いていた I wandered lonely as a cloud.」(「水仙(The Daffodils)」)のような詩である。英語の詩においては、語りの声が詩文の主語とはっきり一致していないと、読む側に混乱が生じ、詩全体のレトリカルな構造が弱くなってしまう。そのような場合、私ははっきりした主語を持つ「より強い」訳を本命とした。言語表現におけるこのような曖昧さは、日本語の作品が古典から現代に至るまで持っている美しさ、強さのひとつである。現代の作品についてさえ、同じことが言える。

日本の古典詩歌で効果的に用いられているイメージを訳すに当たっては、直喩と暗喩、どちらがふさわしいだろう？　日本語による評釈で現代語に訳される場合、そうしたイメージは「……のよう」「……のごとく」（英語では like や as に相当する）という言い回しを用いて直喩化される傾向がある。だが原典においては、暗示されるだけであることが多い。五・七・五・七・七の縛りゆえ、文法的な情報をすべて盛り込むことが必ずしも可能でないからである。もっとも、「……のよう」「……のごとく」といった言葉が原典で明示されていなくとも、それらが意味に含まれないということにはならない。また、そのイメージを暗喩として解釈すべきだということにもならない。そうしたイメージを暗喩ではなく直喩として訳すことがよりふさわしい場合がしばしば存在するのはなぜかといえば、直喩は暗喩ほど強い言い回しでないがゆえに、間接性を重視する日本語の詩の特性と相性がよいからである。もっとも、暗喩のほうがより好ましい局面も存在する。直喩と暗喩の選択にあたって私が用いた基準は、英語の詩としてよりよい方を選ぶというものである。

百人一首を翻訳する際にもうひとつ難しいのは、日本古典文学には決まり事がたくさんあるという点だ。同時代の読者にとっては常識だったはずの決まり事の一例として、特定の地名が特定のふるまいを意味するというものがある。例えば、「逢坂《あふさか》」——大阪ではない——は地名であると同時に、人が「逢う」こと、とりわけ恋人たちの逢引を意味している。この地名がただ触れられるだけでも、かつての教養ある日本の読者は即座にそうした連想を心に抱いたのだろう。しかし、現在の日本人にはそうはゆかないし、ましてや世界の読者には通じない。
多くの歌において複数の解釈が成り立つという点も、翻訳者にとっては大変に難儀である。九九番「人もをし人もうらめしあぢきなく世を思ふゆゑに物思ふ身は」が代表例だ。この歌における「人」は、愛おしい人もいれば恨めしい人もいる不特定多数の人間たちとも取れるし、時によって愛おしかったり恨めしかったりする特定の人間たちとも取れる。あるいはまた、ひとりの人間には数多くの面があって、愛おしいものも恨めしいものもあるという解釈も可能だろう。「人もをし人もうらめし」という二句の訳例としては、以下のようなものが考えられる。

Some people are kind,
while others are hateful.
Some have been kind to me,
while others were hateful.
Sometimes people are kind,
sometimes hateful.

Sometimes I long for them,
sometimes I just hate them.

これほど多様な解釈を許容する例はさすがに少ないが、二つないし三つの解釈が可能な局面はしばしばあり、翻訳者を悩ませる。

解釈が揺れるもうひとつの理由は、定家が百人一首を編んだ時代にはすでに一部の歌が詠まれてから五百年もの歳月が経過していたため、同じ歌でも言葉遣いに異同が生じ、ニュアンスや意味も歴史的な変遷を経ていたことである。それらの歌に対する定家の解釈は、それらが詠まれた時代の解釈と必ずしも同じではなかった。在原業平《ありわらのなりひら》が詠んだ一七番はそのいい例だ。

ちはやふるかみよもきかすたつたかはからくれなゐにみつくるとは

Such beauty unheard of
even in the age of the raging gods—
the Tatsuta River
tie dyeing its waters

in autumnal colors.

古典時代の仮名には濁点が付せられなかったので、最後の句は「みづくくるとは」（紅葉《もみじ》の葉が水を絞り染めにする）とも「みづくぐるとは」（紅葉の葉が水面下を流れてゆく）とも読める。この歌がもともと収められていた古今集《こきんしゅう》（九〇五年成立）の読者がこの箇所を「くくる」と読んだことはほぼ確実だが、定家と同時代人たちは、これまたほぼ確実に「くぐる」と読んだと思われる。私はこの翻訳においておおむね定家の解釈を踏襲しようと試みたが、右の一首においては古今集の読みを尊重した。

「有明《ありあけ》のつれなく見えし別れより〜」（三〇番）の場合、つれないのは月の顔だけであって恋人ではないというひとつの解釈に従えば、英訳はこうなる。

How cold the face
of the morning moon!
Since we parted
nothing is so miserable
as the approaching dawn.

だが、研究者の多くは、「つれなく見えし」は月と恋人の両方にかかるものと考えており、それに従うならば英訳はこうだ。

Since I parted from you,
nothing is so miserable
as that time before dawn,
the look on your face then
cold as the moon at dawn.

さらなる曖昧さの源泉は、時代によって変遷する解釈である。六番の「かささぎの渡せる橋」を天の川と読むならこの歌は七夕伝説に言及していることになるし、宮中の御殿のあいだをつなぐ橋と読めば、恋人たちの別れが描かれていることになる。

またひとつの困難が生ずるのは、歌人がきわめて簡素な光景をこの上なく精妙な感性で捉えているために、翻訳すると一編のまとまった詩というよりも詩の断片、あるいは単なるひとつのイメージのように見えてしまうケースだ。こうした詩は巧妙な日本語のレトリックによって調子を高められているのだが、英語でそれが伝えられるとは限らない。比較的単純な四季の歌を、原典の詩的な繊細さをそこなわずに訳すのは、まったく至難の業《わざ》である。

百人一首のもうひとつの際立った性格は、高度に視覚的な風景イメージと地名が頻出することである。おそらく定家は、撰が成った後で歌に絵が添えられることを予想して、そうした用途に好都合な視覚性の高い歌を選んだのかもしれない。あるいは、定家個人の好みが視覚性の高い歌へと傾いていた可能性もある。いずれにしても、百人一首はたいへん視覚的なアンソロジーである。

三番の歌「足引の山鳥の尾の〜」は、濃密な視覚的イメージのよい例である。私は、百人一首においてそうしたイメージがどれほど重要であるかを示すため、この歌を言葉が絵になるような方法で訳すことに決めた。歌人は、独り寝の長い夜を山鳥の長い尾にたとえる。つまり、この歌は山鳥の尾の長さを視覚的に表象しているのだ。原典では音の繰り返し（とりわけ「の」と「お」）が多用されているので、私の翻訳も on/love/longing/alone といった似た響きの言葉を重ねて原典に相似する聴覚的効果を作り出し、より長く聞こえるように工夫してある。

小《お》野《のの》小《こ》町《まち》が技巧を凝らして詠んだ九番は、百人一首のなかでもとびぬけて複雑である。この歌のレトリックの込み入った構造を分析してゆくと、新たな難題の山が翻訳者の前に築かれることになる。この驚くべき凝縮度を持った歌は、日本語の三十二音の中に鮮やかに収められている。

はなのいろはうつりにけりないたづらにわがみよにふるながめせしまに

この歌の言葉のほとんどは、二つないしそれ以上の意味を持っている。語の意味を列挙してみよう。

はな　桜の花／女性の美

いろ　色彩／性愛ないし官能

うつる　色あせる／衰える、うつろう、散り果てる

な　詠嘆の終助詞。深い嘆きや悲しみなど、圧倒的な感情を表わす

いたづらに　この句が要《かなめ》となって、前後の言葉の味わいを変化させる。「むなしく」「どうなるでもなく」「無意味な時だけが過ぎて」といった意味

わがみよにふる　「私は歳を取った」「私がうかうかと過ごしたあいだに」という意味と同時に、恋愛関係を持つことも示す

よ　「よにふる」におけるごとく、この世でもあり、人生でもあり、恋愛関係でもある

ふる　歳を取る／雨が降る／人生を過ごす

ながめ　思いにふけること／長い雨／眺める

ふるながめ　「いつ果てるともない雨」。次の「ながめせしまに」＝「私が眺めていたあいだに」と重なり合う

読みの多重性のゆえに、第一・二句「はなのいろはうつりにけりな」は、明瞭に異な

った三つの意味を持つことになる。

①桜の花が色あせてしまった、という文字通りの意味。
②美しい女（花）の魅力、容色、官能性が失われてしまった、という比喩的な意味。
③人の心もまた花（のよう）である、という比喩的な意味。

最も単純なレベルでは、この歌はむなしく咲いて長雨に散ってゆく花を詠んだだけのものである。だが、第三句「いたづらに」以降、この季節的なイメージ群にひとりの女の衰えという物語が重なる。そして、これら二つのサブテクストには、詠み手の超絶的なコントロール感覚と技の冴えが隅々まで満ちわたっている。

英訳が原典のニュアンスをすべて捉えようと試みたならば、ひどくごてごてしたものになってしまうだろう。一方で、多くの要素を省かざるを得ないがゆえに、翻訳は原典の豊かな暗示の力を一部しか伝えられない。ここでの問題は、暗示の奥深さと意味の重層性を翻訳することの難しさであると同時に、言葉に表わされていない内容を伝えることの難しさでもある。小町はこの歌の中で、女性としての衰えを嘆いてはいるが、その実、歌人としての溢れんばかりの才気と技巧を見せつけているのだ。

なお、七五番「契りおきしさせもが露を〜」の英訳について付記しておきたい。この歌では、作者藤原基俊が時の権力者、藤原忠通（七六番）に我が子の維摩会の講師を懇願し、それを了承した忠通が、約束の際に引用した歌に出てくる「させも草」という言葉に恩恵や恵みの意を含む「露」を加えていることを踏まえ、このような訳とした。mugwort はさせも草、blessing は恵みの意である。

百人一首の主題と表現が持っている世界的な訴求力

百人一首の大部分は、現代の日本および世界の読者にとって完全に理解可能である。それらの歌が用いる比喩の多くは高度に論理的であり、きわめて明快である。中でも理解が容易なのは恋の歌であって、私の気に入っている二首がそのいい例となるだろう。

一首目は、曾禰好忠《そねのよしただ》の詠んだ四六番だ。

由良《ゆら》の門《と》を渡る舟人梶《かぢ》を絶えゆくへも知らぬ恋の道かな

歌人は恋の道を海に漂う小舟にたとえ、流れの激しい由良の河口を渡る途中で梶を失ってしまう漕《こ》ぎ手というきわめて効果的なイメージを用いている。和歌一般に言えることだが、ここでも現実の風景と心象の風景が融合して心を揺さぶるイメージを作り出している。そうした比喩の使い方は英語の詩においても稀《まれ》でなく、シェイクスピアその他の偉大な詩人の作品に例を見ることができる。英詩において、感情の状態を示すのに自然のイメージを用いることは一般的だから、曾禰好忠のこの歌などは非日本語圏の読者にも難なく理解されよう。

もうひとつの例は、大中臣能宣《おおなかとみのよしのぶ》の詠んだ四九番である。

御垣守衛士《みかきもりゑじ》のたく火の夜は燃え昼は消えつつ物をこそ思へ

この精妙な歌において、歌人は自らの恋を、昼は消えるかもしれないが夜には燃え上がる宮廷衛兵のかがり火にたとえている。この比喩は日常生活の鋭敏な観察に基づいており、イメージの正確さ、宮廷との連想がこの歌を優雅かつ感動的なものにしている。百人一首の中で理解が容易な歌の多くは、情熱的な恋歌である。ふたりの上皇が詠んだ次の二首は、自然から採られた比喩によって恋の情熱が完璧に捉えられたいい例だろう。一首目は崇徳院《すとくいん》の手になるもので、この歌（七七番）も私の好みである。

瀬をはやみ岩にせかるる滝川のわれても末に逢はむとぞ思ふ

歌人は、岩によって割《さ》かれつつも再びひとつとなる急流という圧倒的な視覚イメージを用いて、自分と恋人が再び結ばれる望みを表現している。

水に関わるイメージは、陽成院《ようぜいいん》の詠んだ一三番においても核心をなしている。

筑波嶺《つくばね》の峯より落つるみなの川恋ぞつもりて淵となりける

日本人は間接的な表現を好むとよく言われるが、百人一首の歌の多くは芯から情熱的であり、それを隠そうとさえしないこともしばしばだ。源重之《みなもとのしげゆき》による一首（四八番）に現れるほとんど暴力的なまでに生々しい愛のイメージには、西洋の詩人といえども一歩譲らざるを得ないのではあるまいか。

風をいたみ岩うつ波のおのれのみ砕けて物を思ふころかな

もうひとつの例は、待賢門院堀河《たいけんもんいんのほりかわ》の詠んだ八〇番だ。

長からむ心も知らず黒髪の乱れて今朝は物をこそ思へ

契《ちぎ》りを結んだ夜が明けて恋人が帰ったあと、女は自らの美しい黒髪の乱れを見やり、同じ乱れを心中に感じる。そのさまは官能的であり、大胆に性的でもある。定家は、恋の駆け引きも恋の痛みも知り抜いた女たちの詠んだこのような歌を好んだようだ（同じような例として、五三番が挙げられる）。
恋歌の多くは、失望や恋人に対する怒りを表現するものである。定家自身の九七番も、実らぬ恋の歌だ。

来ぬ人をまつほの浦の夕なぎに焼くや藻塩《もしほ》の身もこがれつつ

もう一首、好例を挙げれば、殷富門院大輔《いんぷもんいんのたいふ》の詠んだ九〇番がある。

見せばやな雄島《をじま》の海人《あま》の袖だにも濡れにぞ濡れし色は変らず

これらの歌はすべて、激しい恋への惑溺、自然界からの精妙なイメージを通じて恋の苦悶を表現する技巧、そして恋の喜びではなく苦しみに焦点を当てる傾向を示している。それらの特徴はいずれも、西洋の恋歌と通じるものがある。

日本の感性を表現する歌

続いて、私にとってきわめて日本的だと思われる百人一首の特徴について論じたい。日本の古典詩において決定的な役割を果たす比喩を挙げるならば、それは桜の花と紅葉のイメージだろう。紅葉がもっぱらその美しさを愛《め》でられるのに対し、桜の花は人生のはかなさと結びつけられることが多い。紀友則《きのとものり》が桜について詠んだ美しい歌(三三番)は、この盛りの短い花がいにしえの歌人たちの心をいかに深く動かしたかを偲《しの》ばせてくれる。

久方《ひさかた》の光のどけき春の日にしづ心なく花の散るらむ

歌人は花のただなかに飛び込んでゆき、こよなく美しいその短命のなかに自らを映し見たのである。日本の古典文学には桜についての詩が無数に存在するが、その多くが焦点を当てるのははかなさだ。『伊勢物語』の第八十二段は、桜に対する日本人の思いを余すところなく描き切っている。この段では、花の季節の恒例で水無瀬《みなせ》の宮に滞在している惟喬《これたか》親王が、そこから交野《かたの》へ鷹狩に出かけている。常にお供をつとめるのはかの在原業平であり、ここでは右の馬の頭《かみ》と呼ばれている。二人は鷹狩をしたが、さして興も乗らなかったので、盃を交わし、和歌を詠んで過ごした。

交野《かたの》の渚の院では、桜がとりわけ見事に咲いていた。一行は桜の下で馬を降り、花の枝を折って髪に挿した。上つ方から下々まで、みなが歌を詠んだ。馬の頭の歌は、

世の中に絶えて桜のなかりせば春の心はのどけからまし

ある人がそれに続けて詠んだのは、

散ればこそいとど桜はめでたけれうき世になにか久しかるべき

作歌と飲酒とが当時の日本におけるみやびな愉しみの中心であったこと、あらゆる身分の人々が歌を詠んだこと、桜の花をこよなく愛でるのが平安貴族の遊びの真骨頂であったことは、この短い一節を読んだだけでも明らかだろう。

こうした美的感受性は、私が育った西洋における美の概念とはまったく異なる。西洋の伝統では、美は永遠性・無時間性と結びつけられている。シェイクスピアの有名なソネット十八番は「君を夏の一日にたとえようか？ Shall I compare thee to a summer's day?」という一行から始まる。夏があまりに早く過ぎ去ってしまうことを述べつつ、詩人は恋人に向かって、彼女の（あるいは彼の）永遠の美は決して色あせることがないと主張する。

When in eternal lines to time thou grow'st
So long as men can breathe or eyes can see,

So long lives this, and this gives life to thee.

永遠の詩の中で君は時そのものへと熟しているのだから。
ひとが息をし、目がものを見るかぎり、
この詩は生き、君にいのちを与えつづける。

これはシェイクスピアのソネットのうち最もよく知られ、最も愛されているもののひとつだ。その主題は、文学の力によってミューズ（詩人に霊感を与えてくれる特別の存在）が不滅になるということである。シェイクスピアは、ソネットの言葉を通じて彼のミューズは永遠に生きるのだと主張している。ここで暗黙の前提となっているのは、不完全でありいずれは死すべき存在である人間と、無限の完璧性および不滅性にあずかることのできる芸術・文学との対比だ。同様に、文学と芸術がそれじたい不滅であるがゆえに、詩人その人も不滅となるのである。

それと同じく、モーツァルトの音楽や「モナ・リザ」といった偉大な芸術は永遠性を帯びるものと考えられたのであり、それは西洋において美を定義する必須要素のひとつだった。対照的に、日本では人生のはかなさこそ文学・芸術の重要な要素であって、桜の花がことほがれるのはそれが移ろいゆくものであるからに他ならない。右に引用した『伊勢物語』の二首目の歌は、そのことをよく表わしている。

大僧正行尊《ぎょうそん》による桜の花への呼びかけも、類似の感情——人生の脆《もろ》さはかなさを十分に理解できるのは花だけだという思い——に基づいているに違いない（六六番）。

もろともにあはれと思へ山桜花よりほかに知る人もなし

金葉集《きんようしゅう》（行尊の歌は五二一番に収められている）の詞書には、「大峯《おほみね》にて思ひがけず桜の花を見てよめる」とある。ここでは桜の木が擬人化されており（日本の古典詩には類例が多い）、他に知り人とていない詠み手に共感を覚えるよう訴えかけられている。詠み手の行尊は長い年月を山中に隠れ暮らし、修験道の修行に明け暮れた人物だった。

もちろん、桜の花の美しさを称《たた》える歌は多い。例えば、大江匡房《おおえのまさふさ》が詠んだ、心浮き立つような七三番の歌——「高砂《たかさご》の尾上《をのへ》の桜咲きにけり外山《とやま》の霞《かすみ》立たずもあらなむ」が挙げられよう。とはいえ、桜を詠んだ歌の中で日本独特の感性を最もよく理解させてくれるのは、無常観と美意識を花に寄せて歌うものだ。日本的感性の独特さは、美の本質を移ろいやすさの中に見出す点にある。美を永遠性と同一視してきた西洋の伝統とは対照的だ。

百人一首には紅葉を詠んだ歌も多い。紅葉のさかりもまた短いが、紅葉の歌でことほがれるのはもっぱら視覚的な美しさであり、しばしばそれは神々や皇室と結びついている。例えば、菅原道真《すがわらのみちざね》が詠んだ美しい歌（二四番）は、幣《ぬさ》（神への捧げ物として色とりどりの木綿や麻、紙を細く切って束ねたもの）のかわりに秋の錦繡を収めてくれるよう神々に願うものである。

このたびは幣もとりあへず手向山《たむけやま》紅葉のにしき神のまにまに

そして一七番において在原業平は、いにしえの荒ぶる神々でさえ龍田川の紅葉がこれほど美しいとは知らなかったはずだと述べている。

ちはやぶる神代《かみよ》も聞かず龍田川唐紅《からくれなゐ》に水くくるとは

二六番の藤原忠平《ふじわらのただひら》は、小倉山の峰の紅葉に対して、醍醐《だいご》帝がそなたをご覧になれるように行幸《みゆき》まで待っていてくれと頼んでいる。

小倉山《をぐらやま》峯のもみぢ葉心あらば今ひとたびのみゆき待たなむ

これらの歌に共通するのは、皇室や神々との関連において紅葉の美しさを称える態度だ。紅葉の視覚的快楽は、錦繡や絞り染めといった布にたとえられている。桜の花と紅葉が歌に表わされる方法には、際立った違いがある。とはいえ、桜と紅葉は、他のいかなる木や花にも増して、日本人の四季を愛する心（とりわけ春と秋への愛）を体現するものとなっている。

簡素にして心を動かす情景描写

簡素ながらも心動かされる情景をことほぐ態度と、そうした情景に心を動かす感性とは、日本の古典詩のもうひとつの特徴である。百人一首の歌の多くは、自然界のある一瞬の美しさを観察し描写することに焦点を当てている。そうした単一のイメージへの集中が、定家にとって重要な選歌基準のひとつであったことは明らかだ。そして後には、こうした感性を活かすことが俳句の創造における重要な要素となる。俳句の場合、王朝和歌と比べてさえ感性のレンズはいっそう微視的である。

雄大で神話的な風景をことほぐ歌は、百人一首にはほとんどない。山辺赤人《やまべのあかひと》による富士山の歌（四番）は例外だ。

田子《たご》の浦にうち出でて見れば白妙の富士の高嶺《たかね》に雪は降りつつ

対照的に、百人一首の多くの歌は、ある情景の中から一つのイメージに焦点を当て、それを精確に、また鋭敏に描写している。だからこそ、よりいっそう人の心を動かすのである。八七番と九三番はそのよい例だ。

村雨《むらさめ》の露もまだひぬまきの葉に霧たちのぼる秋の夕暮

世の中はつねにもがもななぎさこぐあまの小舟《をぶね》の綱手《つなで》かなしも

これらの歌が美しいのは、一瞬の情景を細部まで捉え、読者の心の中にその一瞬を反響させるのに成功しているからだ。六四番もまた美しい。

朝ぼらけ宇治の川霧絶えだえにあらはれわたる瀬々《せぜ》の網代木《あじろぎ》

この歌を詠んだ藤原定頼《ふじわらのさだより》が描写しているのは、朝霧が霽《は》れるにつれて魚とりの簀《す》が仕掛けられた杭《くい》が川面に見えるようになってゆく情景だ。単純な情景ではあるが、その直截さゆえに、霧が霽れて簀の杭が姿を現してゆく様子がまるで読者の眼前で展開されているかのように感じられる。

精密に観察された情景の多くは、秋から冬にかけてのものだ。三七番は、秋の野原の露を真珠の散らばりにたとえている。

白露に風の吹きしく秋の野はつらぬきとめぬ玉ぞちりける

九四番の藤原雅経《ふじわらのまさつね》は、秋が深まりゆく感覚を捉えるために、砧《きぬた》で布が打たれる音がさびしく聞こえてくる情景を詠んでいる。

み吉野の山の秋風さ夜ふけてふるさと寒く衣うつなり

これらの歌は、一見したところきわめて日常的で取るに足りない情景を歌ったものに過ぎない。だが、そこに示されているのは、ある一瞬を濃密に観察し、深く感じ入り、それを精確さと直截さをもって詠むことのできる才なのである。

白が生み出す優雅な混淆

白が定家好みの色だったことは明らかである。茶道における利休鼠、現代日本のファッション界における「イッセイ・ミヤケの黒」と同じく、定家にとっては――多くの日本人にとっても――日本の美的感性において白は洗練と純粋と優雅を表わす色だった。定家の「妖艶」の美意識にとっても、白は要となる要素である。妖艶美の歌にはしばしば白色と淡彩の風景があしらわれ、その中心をなすのは雲や霧や月光である。百人一首には白のイメージを用いた歌が少なくとも十あまり存在するが、ここでは二番を挙げておこう。

春過ぎて夏来にけらし白妙の衣ほすてふ天《あま》の香具山《かぐやま》

この歌においては、白は夏と結びつけられ、香具山を愛したいにしえの神々と結びつけられている。先の四番の歌では、田子の浦に出た詠み手が海の向こうをながめると、そこにははるかに白いものが見える――富士山の頂に雪が降っているのだ。いくつかの歌では、白は秋や冬の象徴となっている。白露を真珠の散らばりにたとえる三七番を見てみよう。

白露に風の吹きしく秋の野はつらぬきとめぬ玉ぞちりける

それればかりではなく、百人一首の中には次のような主題を扱う歌もある――夜明けの青白い月、雪に見まごう桜の花、夏の白い衣、霧、そして雪。九六番は桜の花の白さを雪にたとえつつ、実は白いのは年老いゆくわが身の髪であったというユーモアを漂わせている。また、花が「降りゆく」こととわが身が「古《ふ》りゆく」ことが白のイメージを通じて重ね合わされている点にも着目すべきだろう。

百人一首中の秀歌のいくつかは、白に白を重ねることで生じる優雅な混淆を主題としている。例えば、六番は白い霜がかささぎの橋に降りるという神秘的な情景を喚起している。かささぎの翼は両端が白いので、これも白に白の例と言えるだろう。二九番は百人一首中で最も美しい歌のひとつであり、定家はこの歌を愛するあまり複数のアンソロジーに選んでいるほどだが、この歌の詠み手である凡河内躬恒《おおしこうちのみつね》は、白菊の花が初霜と見分けられないので菊を折り取れないと歌う。

心あてに折らばや折らむ初霜の置きまどはせる白菊の花

七六番の詠み手藤原忠通は、海の白波とかなたの白い雲が見分けられないと言う。

わたの原漕ぎ出でて見れば久方の雲居にまがふ沖つ白波

そして三一番の坂上是則《さかのうえのこれのり》は、雪と月光の混淆を歌っている。

朝ぼらけ有明の月と見るまでに吉野の里に降れる白雪

優雅な混淆のすべてが白い色がらみではない。例えば藤原家隆《ふじわらのいえたか》の九八番は、秋を漂わせる風と夏の儀式である禊《みそぎ》という季節の混淆にもとづいた歌だ。もっとも、この歌においてさえ、禊は白い衣を着ることを暗示しているのかもしれない。

風そよぐ楢《なら》の小川の夕暮はみそぎぞ夏のしるしなりける

白のイメージの頻出は、雪月花《せつげつか》という美学上の概念と関係がある。これはもともと唐の白居易《はくきょい》が用いた言葉だが、やがて詩や芸術における重要なモチーフとなった。友に書き贈った詩の中で白居易は、花の咲くころ、月の輝く夜、雪降る冬に最も君がなつかしくなると言っている。花も月も雪も白と関わりがあるので、白という色が日本の古典詩人たちに愛されるようになったのである。百人一首における白の使い方は、味わいもスタイルも真《まこと》に日本的だ。のみならず、白に白を重ねるという感嘆すべきイメージの歌を定家が意識的に何首も選んだという事実は、定家自身がきわめて鋭敏な美意識の持ち主であったことを証拠立てている。定家は白という色とその詩的な含意を明らかに好み、白を基調とする歌を数多く詠んでいる。そのひとつはこうだ。

花を待ち月を惜しむと過ぐしきて雪にぞつもる年は知らるる（「拾遺愚草《しゅういぐそう》」五九番）

I have passed the years
waiting for the blossoms,
lamenting the departure of the moon

and, gazing at deep snow I realize—
how my age has piled up too.

白という主題を持つ歌としては、二番、四番、六番、一五番、二九番、三一番、三七番、七六番、九六番が挙げられる。それらに現れるイメージは、夏を告げる白い衣（二番）、雪に覆われた富士山の頂（四番）、霜が降りたかささぎの橋（六番）、雪の降り積もる春野（一五番）、白菊（二九番）、懐かしい吉野の里の朝明けに降る雪（三一番）、真珠を思わせる白露（三七番）、雲と見まごう白波（七六番）といったものだ。それらを読むにつけ、白こそまさに定家の美意識の中心であったこと、白という色が当時の詩において愛用されていたことが偲ばれる。

和歌と皇室の役割

百人一首がもうひとつ持っている、日本人以外の立場から見てユニークな側面は、それが皇室および宮廷貴族と深い関わりを持っていたことである。詩を作ること、文芸を保護することは千年以上にわたって皇室の大事な活動でありつづけているし、それゆえに、皇室による庇護は日本の宮廷詩の発展に中心的な役割を果たしてきた。

定家の生きた世界では家系と宮廷での地位と詩作能力が不可分であり、百人一首はそのことを如実に反映している。百人一首が数多く持っている主題のひとつが皇室への讃頌《しょう》であることは疑いもない。百人一首を読めば、定家にとって皇族とは和歌の達人であるのみならず和歌の精神的庇護者でもあったことが明らかだ。巻頭と巻末には、天皇による歌が二首ずつ置かれている（巻頭に天智《てんじ》天皇と持統《じとう》天皇、巻末に後鳥羽院《ごとばいん》と順徳院《じゅんとくいん》）。

百人一首は、天智天皇（在六六八〜六七二）から順徳天皇（在一二一〇〜一二二一）まで日本史の六百年近くをカバーしている。巻頭歌の詠み手である第三十八代の天智天皇は、藤原一族を最初に貴族に引き立て、藤原という輝かしい姓を与えた統治者でもある。ゆえに、巻頭に天智天皇の歌を置くという選択は、皇統、和歌の始まり、藤原氏の始まりを同時にことほぐものであるわけだ。百人一首全体の組み立てにおいても、天智帝およびその子孫に藤原氏が深い恩を負っていることを定家が追認しようとしているのが見て取れる。天智帝は詩人や詩作の庇護者でもあり、自身も詩才に恵まれていた。つまり天智帝こそは、今日まで脈々と受け継がれてきた皇室と詩作の世界の密接な関わりを創始した天皇だったのである。

百人一首には八人の天皇のほかに、天皇の子供が三人（女性の式子内親王《しょくし》を含む）、孫が四人、曾孫たちも収録されている。藤原の姓を名乗る歌人が二十五人、それに加えて藤原家にゆかりのある僧侶や女性たち。親と子の組み合わせも多いし（一番と二番、一二番と二一番、一三番と二〇番、二二番と三七番、二五番と四四番、三〇番と四一番、四〇番と五九番、四二番と六二番、四五番と五〇番、五五番と六四番、五六番と六〇番、五七番と五八番、七一番と七四番、七四番と八五番、七六番と九五番、七九番と八四番、八三番と九七番、九九番と一〇〇番）、兄弟も一組含まれている（一六番と一七番）。

定家が生きた時代においては歌人の一家の子孫という立場がこの上なく重要であり、定家自身が詩作を業《わざ》とする最も重要な一家（御子左家《みこひだりけ》）の長だったわけで、家系と血統に対するこうした関心も、さもありなんと思わせる。つまり、百人一首の主たる詠み手たちは、まったく貴族的でエリートで排他的なグループだったのである。

とはいえ、定家が単にエリート主義や門閥意識に凝り固まっていたわけでないことは理解されなければならない。藤原一門が多くの卓越した歌人を輩出したことは否定しようもなく、百人一首に彼らの歌が多く選ばれるのは自然の成り行きだった。また、定家は百人一首を編むにあたって、自分より先に秀歌撰を編んだ人々に明らかな敬意を表している。中でも注目すべきは、遠い先祖の藤原公任《ふじわらのきんとう》が重要な秀歌撰「三十六人撰」に選んだ三十六人の名歌人のうち二十五人を、定家が百人一首に選んでいることだ。

百人一首のもうひとつの特徴は、悲運に見舞われた歌人たちを選んでもいるという点である。中でも有名なのは、配流《はいる》の船が海に漕ぎだすさまを歌った小野篁《おののたかむら》（一一番）と、日本史上で最も有名な悲運の政治家である菅原道真（二四番）だ。天皇たちの中にも、悲運に見舞われた例は多い。崇徳院（七七番）は保元の乱の首謀者として讃岐国に配流された。後鳥羽院（九九番）は承久の乱の首謀者として隠岐に流され、後鳥羽院の息子である順徳院（一〇〇番）は佐渡へ送られた。百人一首の歌人ではないが、順徳院の兄の土御門院《つちみかどいん》もまた、土佐に、後には阿波に移されている。

百人一首で後鳥羽院のひとつ前に配置されている名歌人の藤原家隆は、後鳥羽院の隠岐配流後も院への忠誠を尽くしたことで知られている。歌こそは、家隆と主《あるじ》の後鳥羽院を結びつける重要な繋がりだった。百人一首が編まれた目的のひとつが悲運の人々の鎮魂だったことは間違いない。例えば順徳院は、定家に歌道を教わった。順徳院が後の世まで広く人々の記憶に残ったのは、その生涯のいかなる業績よりも百人一首に歌を選ばれたことにかかっている。百人一首を締めくくる二首が配流の帝《みかど》によって詠まれたものであるという事実もまた興味深い。

和歌はその後も数百年に亘って詠まれ続けてきた。そしてついには、明治天皇（在一八六七〜一九一二）が、エリートのものであった歌会始への門戸を、広く一般に開いたのである。現在では、海外からの詠進さえ見られるようになった。

和歌と皇室の結びつきは非常に強い。皇室の人々は今も四季を通じて和歌を詠みつづけており、その作品は一般からの詠進十首と併せて歌会始で披露される。歌会始は皇居における新年の賀の一部として開催されている。美智子皇后陛下の歌は世界の詩壇に通用する一流のものであり、またご令嬢の黒田清子《さやこ》さまも大変すぐれた歌人である。

言語《エクフラシス》による視覚表象

エクフラシス――絵画や視覚的イメージについての詩、あるいは視覚と文字による表現の組み合わせ――は、百人一首に関連する重要なトピックである。実際、日本の文学はすぐれてエクフラシス的であって、詩や散文を多様な形式・ジャンルの視覚表現と組み合わせることが絶えず行われてきた。例えば、室町時代（一三三六～一五七三）の詩画軸、桃山時代から江戸時代（一五八二～一八六七）にかけての卓抜な漆芸を挙げることができよう。日本では、詩と絵画の組み合わせは少なくとも平安時代（七九四～一一八五）以来の伝統である。

詩と絵画を組み合わせる最も一般的な方法のひとつが屏風歌である。屏風歌においては、詠み手は実世界の情景ではなく屏風の絵に従って作歌し、言葉とイメージが渾然一体となるようにつとめた。詠み手が自分を絵の中の人物と想像し、その視点から作歌を行う場合もある。そうして出来上がった歌は、屏風の中で、モチーフとなった図像のそばに書かれ、あるいは貼りつけられた。

さらに言えば、歌で描写される風景は必ずしも天然自然のものではなく、貴族の屋敷に造成された庭――もっとも有名な一例は、源 融《みなもとのとおる》邸のもの――であったり、屏風に描かれた風景であったりもする。百人一首中で最初から屏風歌として作られたのは、業平による一七番と家隆による九八番である。業平は、清和天皇（在八五八～八七六）の女御《にょうご》で二条 后《にじょうのきさき》と通称された藤原高子《ふじわらのたかいこ》を中心とする歌壇に属していたとされる。一七番の歌は、立太子したばかりの皇子（後の陽成帝）を高子が育てていたころ、龍田川に浮かぶ紅葉を描いた屏風のために業平が詠んだものである。日本の神話では皇室の祖先は神々なので、神の時代への言及は高子と幼い皇太子の双方を称えるものであるわけだ。家隆の九八番は、後堀河帝の中宮《ちゅうぐう》・藤原竴子《ふじわらのしゅんし》（「よしこ」とも、一二〇九～一二三三）の入内《じゅだい》の際に作られた屏風のために詠まれた。

風そよぐ楢の小川の夕暮はみそぎぞ夏のしるしなりける

そうした屏風の通例に従い、この屏風にも宮中の年中行事が描かれていた。家隆が歌を添えた絵に描かれているのは水無月に行われる禊（夏越《なごし》の祓《はらえ》）であり、家隆の歌は、実際の季節感（初秋）と屏風絵が描く夏の行事の対比を主題としている。

百人一首歌の持つエクフラシス的傾向の強さを移植するため、三番、一〇番、五五番などでは私は視覚的な翻訳を試みた。三番の翻訳については、「百人一首を翻訳すること」のセクションをご覧いただきたい。

華麗な女性歌人たち

平安時代には、数多くの卓越した女性歌人がいた。百人一首における女性の歌の多さはその表われである。女性天皇であった持統帝のほかに二十人の女性が選ばれており、その多くは中宮や女御に仕えた女房たちである。百人一首歌のうち、最も複雑かつ感情的に濃密なものの多くは女性の手になる。

なかでも最も偉大な歌人のひとりは、九世紀半ばに活躍した小野小町である。小町は小野篁（一一番）の孫ともいわれ、おそらくは仁明帝《にんみよう》（在八三三〜八五〇）・文徳帝《もんとく》（在八五〇〜八五八）の治世に女房として仕えた。藤原公任によって三十六歌仙に選ばれており、紀貫之《きのつらゆき》が選んだ六歌仙では小町がただひとりの女性である。

小町の生涯は大部分が伝説であって、実際の小町という人物と文学的な作り事を区別するのは不可能である。彼女は絶世の美女で言い寄る男たちを残酷に扱ったとされているが、これはほぼ確実に後世の伝承だろう。

先にレトリックについて説明したが、九番の歌は、小野小町の華麗な詩才をよく表わしている。

多くの人々が、この歌はひとりの老女の心の叫びであると書いている。彼女はかつて大変な美女であり、並外れた才能に恵まれ、官能に敏感で、多くの男たちに褒めそやされ愛された。だが今では容色は色あせ、恋人たちは亡くなったり立ち去ったりし、詩才も衰えようとしている、というわけだ。私もこの解釈に反対するものではないが、他にも考慮すべき点はあると思う。第一に、この歌の最も鮮烈な特徴は技巧の鮮やかさである。ほぼすべての言葉が重層的な意味によって飾られているため、この歌は、感情の濃密さと知的な大胆さの双方を兼ね備えている。掛詞がふたつ――「ふる」（雨が降る／

世を過ごす）と「ながめ」（眺め／長い雨）。これらの語呂合わせによって、相異《あいこと》なりながら絡《から》みあう二つの意味の層が作り出される。ひとつは花の色をあせさせてゆく長い雨のイメージ、もうひとつは人生の盛りを過ぎて呆然とあたりを眺めやる老女のイメージだ。

小野小町の態度は、才能ある日本の女性に共通のものである。日本の文化において女性は伝統的に男性に従属する役割を担ってきたため、女性には自由がより少なく、自己を表現する際の困難はより大きい。今日に至るまで、女性が用いる主たる表現様式のひとつは否定である。かつては女性が人に褒められたときのとっさの反応は「そんなことありません」というものに決まっていたし、現代でもある程度はそうである。この歌で小野小町は典型的な否定のレトリックを用いており、一見したところ自らの容色と才能の衰えを嘆いているようである。

だが、大事なのは、この歌が何を肯定しているのかを理解することだ。自分が実績と地位のある歌人だという自覚が小町になかったとは、ほぼ考えられない。言い換えれば、詠み手は実はこのようなことを言っているのだ。「そう、私は歳を取ったし、かつてほどに魅力的ではない。あなたがた浅はかな読者（とりわけ男たち！）は、もう私のことを美しいと思わないかもしれない。けれども、少しでも読解力がある読者なら、私が何重にもまとった変装を見通し、人生の悲しさでさえ私の天才を研ぎ澄ましただけということに思い至るだろう」小町の歌は私生活上の出来事とコスミックなイメージを組み合わせ、卑近な題材を使って威風に満ちた効果を生み出している。

この歌には二つの面がある。歌の言葉が明らかにする深い人間的悲しみと、それを表現するために用いられている比類ない言語表現力。すべての偉大な詩と同じく、ここでもその二つの間に完璧なバランスが取られている。中心的なテーマは、あらゆる事物のはかなさ（無常観）だ。この日本文学の主要テーマが、ここでは極限まで彫琢された言葉遣いで表現されている。

歳を取ること、若いころの美貌を失うことは多くの文化において嘆きの種となっているが、美意識の強い平安日本の宮廷文化ではそれらはとりわけ怖れられた。宮廷での女性の出世は美貌にかかっていたから、顔立ちや容色がたいへん重視されたのである。小町の歌は、宮廷での栄光の時期が過ぎ去って老いを感じつつある女性の心の叫びと読むこともできる。美の絶頂期を過ぎて恋人たちにすげなくされるようになった女性の心の叫びと読むこともまた可能だろう。私は後者の解釈を採ったが、前者にも同等の説得力があるし、より一般的な解釈はおそらく前者だろう。どちらの解釈も、等しく読者の心を動かすものである。

女性による超絶技巧の歌を他に挙げるなら、六〇番と六二番だろう。六〇番を詠んだのは小式部内侍《こしきぶのないし》である。橘道貞《たちばなのみちさだ》と和泉式部《いずみしきぶ》（五六番）の間に生まれた娘で、母とともに中宮彰子《しょうし》（九八八～一〇七四）に女房として仕えた。三十歳を迎えずして亡くなり、勅撰集に二首、他に一首だけが収められている。

大江山生野の道のとほければまだふみもみず天の橋立

十二世紀に成立した金葉集（五五〇番）の詞書によれば、小式部内侍が百人一首中で最も華麗な歌のひとつである六〇番を詠んだのは、母親である和泉式部の助けなしには歌を詠むことができまいと藤原定頼にからかわれた際であるという。こんな歌で切り返されては、男はぐうの音も出まい。詠み手は語呂合わせと言葉の連想をフル活用して男の揶揄《やゆ》をはねつけるばかりか、母と娘を隔てる遠い距離についての嘆きまで表現している。

地名の生野と「行く」の語呂合わせは、大江山と道を「大江山いく野の道」（「生野を通って」大江山に行く道）という形でつなぐ要として機能する。第二の語呂合わせは「手紙」と「足を踏み入れる」の両方を意味する「ふみ」である。そこで第四句は「私は足を踏み入れたことがない」と「手紙がまだ来ていない」の両方を意味することになる。また、この歌には、驚くべきことに三つの地名が盛り込まれている。大江山、生野、そして天橋立《あまのはしだて》。母・和泉式部がいる丹後の邸にたどりつくには、それら三つの場所のすべてに足を向けねばならないのである。「あまのはしだて」は、字義的には Bridge of Heaven（天の橋）という意味だが、私の訳では、詠み手と母親のあいだに存在する距離の感覚を伝えるために Bridge to Heaven（天への橋）とした。いにしえから今日に至るまで、天橋立は日本で最も有名な景勝地のひとつである。

六二番を詠んだ清少納言《せいしょうなごん》は清原元輔《きよはらのもとすけ》（四二番）の娘、清原深養父《ふかやぶ》（三六番）の曾孫で、元輔・深養父ともに高名な歌人である。清少納言は中宮定子《ていし》に仕えた女房で、有名な随筆本の「枕草子」を著した。紫式部《むらさきしきぶ》・和泉式部とともに、平安時代の数多い優れた女性作家のなかでも最も偉大な書き手とされている。


夜をこめて鳥のそらねははかるともよに逢坂の関はゆるさじ

Wishing to leave while still night,
you crow like a cock pretending it is dawn.
As I will never meet you again,
may the guards of the Meeting Hill
forever block your passage through.

六二番の初出は「枕草子」であり、中国戦国時代の政治家である孟嘗君《もうしょうくん》が函谷関《かんこくかん》の関所を抜けて逃れる際に鶏の鳴き声をまねて朝が来たと思わせることでまんまと衛兵たちに門を開けさせたという有名な故事を下敷きにしている。

詠み手がこの故事に言及している理由は、早く自邸に帰らねばならなかった恋人が、後からよこした手紙の中で「もっとそちらにいたかったのだが、鶏が鳴いたのでいとまを告げるしかなかった」と弁解したことにある。詠み手は、恋人にこう言い渡す――函谷関の衛兵たちはたばかられて門を開けてしまったかもしれませんが、逢坂の関は閉ざされたままですよ（私はあなたにお会いいたしませんよ）と。私が Meeting Hill と訳した逢坂の関は、百人一首にも何度か（一〇番など）出てくる有名な関所である。「逢坂」は「逢う」という言葉、とりわけ恋人たちの逢引と語呂合わせになっている。

平安貴族の会話は洗練された機知と教養に彩られており、当時の女性歌人たちもそうした彩りをきわめて効果的に用いた。六〇番と六二番はそのいい例である。百人一首に収録された他の歌では、日本の女性は感傷的なところを見せてもいる――日本の男性は女性が感傷的であることを好むとしばしば言われる――が、そうした感傷性はもっぱら巧みな変装に過ぎないのであって、その下には、驚くべき強さと鋭い機知や知性が隠されている。

結語

日本の古典和歌が持っている特質のひとつは、単純にして深遠なイメージによって情感の深さと感性のみやびさを表現できることである。その点で、百人一首は代表的な作品と言えよう。作中のイメージの中には、人の暮らす世の中があまりに変わったために反響力を殺《そ》がれてしまったものもあるが、それでも百首のすべては自然に深く根ざしており、そこに含まれる豊かで独創的なイメージは八百年を経た今でも鮮烈に人の心を打つ。

百人一首を読むうちに分かってくるのは、藤原定家が日本の詩の伝統を受け継ぎ世に広めるにあたって何を重要視していたのかということである。また、彼がアンソロジーの編者としていかに才能ある人物だったかについても、貴重な手がかりが得られる。後鳥羽院によれば、定家は歌の詠み方と編纂の方針に関して独断を極めたというが、以来八百年の歴史はつねに定家の判断の正しさを証明してきた。

百人一首全体の編集方針はずばりこうだと指し示すことは不可能だが、それは我々個々の歌を楽しむさまたげにはならない。当代随一の知性を誇る編者の手になるとはいえ、百人一首はまず第一に百首の優れた歌の集まりなのであって、そのようなものとして楽しまれるのが筋であろう。

本書の最も大きな目的は、詩として楽しめる翻訳を提供することにある。本書が広汎な読者に百人一首へのアクセスを提供し、この魅惑的なコレクションの持つ深みと美しさを幾分かでも伝えてくれることを願う。また、日本の読者には、翻訳でこれらの歌を読むことによって多文化的な体験を楽しみ、日本の文化についてより多くを知っていただけると思う。

私を百人一首の翻訳に駆り立てたのは、ひとつには、日本および日本的なるものについてより多くを知りたいという個人的欲求だった。百人一首には、最も洗練され研ぎ澄まされた形の日本的感性がまぎれもなく表われている。私は百人一首のテクストに、日本文化の明らかな特質を数多く見て取った。すなわち、言語表現の繊細さ、間接性、高度の視覚性、感情のこまやかさ、濃密で深遠な情感に加えて時には何か摑みがたいものまで包含できるような懐の深さ、などである。

俳句の存在は西洋でも広く知られているが、俳句はそもそも和歌から派生したものである。「俳句」は比較的新しい語で、もともとは連歌の最初の一句が「発句」と呼ばれていた。俳句が誕生したのは、発句が連歌から独立して存在するようになったときである。形式から言えば俳句は和歌の上の句に等しく、五・七・五の十七音から成っている。俳句は和歌とはまったく対照的な発展を遂げたが、俳句をより深く理解し、俳句の作り方を知るためには和歌の知識も無駄にはならないだろう。藤原俊成《ふじわらのとしなり》が「我が国に来る人はすべてこの詩を学び、我が国に住む人はすべてこの詩を作る」[*1]という趣旨のことを述べたのは和歌についてであって、俳句についてではない。このような事情から、日本人の心を理解したいと望む人々に対して、日本人の心は俳句ばかりでなく——あるいは俳句以上に——和歌の中に見つけることができるのだと言うことも可能である。

心から愛する友人だったアイリーン加藤に、私は多くを負っている。[*2]彼女は最も親しい友人のひとりであるとともに、最も偉大な翻訳の師でもあった。私が初めて百人一首の翻訳を手がけたときも、あらゆる段階で多くの貴重な助言をしてくれた。

旧訳の完成直前、私はアイリーン加藤とともに京都を訪れ、百人一首にまつわる旧跡を巡った。嵯峨《さが》二《に》尊院《そんいん》内の時雨亭《しぐれてい》跡は、定家が百人一首の編纂を完成した小倉山のふもとの小さな山荘があった場所と伝わっている。日本における通称「小倉百人一首」は、小倉山から取られたものだ。我々は、相国寺にある定家の墓にも参った。相国寺には、他に二人の天才が葬られている。室町時代の芸術のパトロンである足利義政《あしかがよしまさ》と、江戸時代の画家の伊藤若冲《いとうじやくちゆう》である。白を愛した定家に敬意を表して、私たちは一束の白菊を墓前に置いた。その時、文学の力とは不可思議なものだ、という思いに襲われたのを覚えている。

　定家が亡くなってから七世紀以上のち、六千マイルも離れた地球の裏側からやってきた二人の人間が、この卓越した歌人・アンソロジストに敬意を捧げているのだ。偉大な

---

*1　藤原定家の父である俊成（「しゅんぜい」とも、一一一四～一二〇四）が、一一九七年に著した歌論書・和歌の歴史書である「古来風躰抄」の中で述べている。この引用は、*Monumenta Nipponica* XXXIV巻第3号（一九七九年秋）三三三～三六七ページにアイリーン加藤によって訳載された宗祇の「筑紫道記《つくしのみちのき》」の一部（三六四ページ）に多少アレンジを加えた。

*2　アイルランドのメイヨー出身であるアイリーン加藤（一九三二～二〇〇八）は日本の外交官の加藤吉彌と結婚し、人生のかなりの部分を日本で過ごした。コロンビア大学でドナルド・キーンの指導を受け、司馬遼太郎作品や能を始めとする多くの日本文学作品を翻訳した。亡くなるまでの十五年間は、宮内庁の任命によって天皇の御用掛をつとめた。

文学には、時間も距離も障壁とならない。この翻訳を読んでくださる方々がいささかなりとも百首の持つ力と美に触れ、ひいては原典をもう一度読んでみようと思われることを願ってやまない。

悲しいかな、今ではアイリーンも泉下の客となってしまった。だが、巨大な影響力を持つ百人一首という日本文学作品が新訳によって世界に広められるのみならず、私たちの第二の祖国である日本でも世に出るという成り行きを一番喜んでくれるのは、他ならぬアイリーンに違いあるまい。

最後に、私が最も好きな歌のひとつを古今集仮名序《かなじょ》から引いておきたい。この歌は「いはひ歌」として催馬楽で謡われた。翻訳は多少分かりやすく変えてある。

この殿はむべも富みけりさきくさの三つ葉四つ葉に殿造りせり

May the prosperity
and happiness of your country
abound like the grasses
of good fortune
three leaved, four leaved.

あなたの国の
富と幸いとが
幸運の草のごとく
茂りますように
三つ葉、四つ葉の草のごとく

この歌は私の第二の祖国である日本の幸いを祈り、日本文化が世界に広まることを祈るものである。私がこれを選んだのは、四つ葉のクローバーと三つ葉のクローバー《シャムロック》がアイルランドでよく見られ、なかんずくシャムロックはアイルランドのシンボルだからだ。したがって、この歌にはアイルランド流の祝福が隠れているかのようなのである。願わくは、翻訳された一首一首が、日本文化を世界に——そして日本人にも——広めるささやかな助けとなりますように。そしてまた、ますます多くの歌があらゆる言語に翻訳され、天の川のごとく空に満ちますように。

謝辞

本訳書のあらゆる側面で、私は多くの人々の助力をいただいた。編集担当の永嶋俊一郎、あとがきの翻訳者である小山太一に感謝する。

山本登朗先生ならびに原田リリー香織には、翻訳に関して欠くべからざる助力をいただいたことを感謝したい。元駐日アイルランド大使のジョン・ニアリーと元駐日イギリス大使のティム・ヒッチンズ、わが親友のコルム・ローワンには、訳稿の読者となってくれ、卓越した編集力と詩に対する深い知識と感性を訳稿に行使してくれたことを。また三津山憂一は、深い意見をいつでも率直に述べてインスピレーションの源泉となってくれた。

惜しみない援助がなければ、この翻訳を完成させることはできなかっただろう。サントリー文化財団には、翻訳への助成を感謝する。また、鎌倉高徳院の佐藤美智子ご一家、および西田憲正夫妻には、翻訳に多大な援助をいただいたことを。松田博青《ひろはる》ご一家には、三十年近くにわたって親切で惜しみない援助をいただいたことを。とりわけ、ご令嬢である松田典子は、掛け値なしの素晴らしい支えでありつづけてくれた。そしてまた、平山弥生の献身的で多大な親切に特別の感謝を。

恩師ドナルド・キーンにも感謝したい。彼は旧訳の原稿に序文を寄せてくれたのみならず、限りない教えを与えてくれた。キーン先生のお弟子のアイリーン加藤も、きっとこの翻訳を天国で喜んでいると思う。

■参考文献（英語）

Bly, Robert. *The Eight Stages of Translation*. Boston: Rowan Tree Press, 1983.

Bundy, Roselee. "Solo Poetry Contest as Poetic Self-Portrait: The One-Hundred-Round Contest of Lord Teika's Own Poems (1)." *Monumenta Nipponica* Volume 61, Number 1 (Spring 2006): 1-58.

———. "Solo Poetry Contest as Poetic Self-Portrait: The One-Hundred-Round Contest of Lord Teika's Own Poems (2)." *Monumenta Nipponica* Volume 61, Number 2 (Summer 2006): 131-192.

Cranston, Edwin A., trans. *A Waka Anthology*, Volume Two: *Grasses of Remembrance*. Stanford, California: Stanford University Press, 2006.

Fujiwara Teika. *Maigetsushō*. Translated by Toshihiko and Toyo Izutsu in *The Theory of Beauty in the Classical Aesthetics of Japan*, pp. 79-96. The Hague, Boston, London: Martinus Nijhoff Publishers, 1981.

———. *Fujiwara Teika's Superior Poems of Our Time*. Translated by Robert H. Brower and Earl Miner. Stanford, California: Stanford University Press, 1967.

Keene, Donald. *Seeds in the Heart: Japanese Literature from Earliest Times to the Late Sixteenth Century*. New York: Henry Holt & Co, 1993.

———. *The Pleasures of Japanese Literature*. New York: Columbia University Press, 1988.

———. *Japanese Literature (An Introduction for Western Readers)*. Tokyo: Charles E. Tuttle Company, 1977.

Kenkō. *Essays in Idleness (The Tsurezuregusa of Kenkō)*. Translated by Donald Keene. Tokyo: Charles E. Tuttle Company, 1981.

Konishi Jin'ichi. *A History of Japanese Literature*, Vol.3: *The High Middle Ages*, pp.214-216 (Translated by Aileen Gatten and Mark Harbison). Princeton: Princeton University Press, 1991.

McCullough, Helen Craig. *Brocade by Night 'Kokin Wakashū' and the Court Style in Japanese Classical Poetry*. Stanford, California: Stanford University Press, 1985.

———, trans. *Kokin Wakashū* (*The First Imperial Anthology of Japanese Poetry*): *With 'Tosa Nikki' and*

'Shinsen Waka'. Stanford, California: Stanford University Press, 1985.

Miner, Earl. *An Introduction to Japanese Court Poetry*. Stanford, California: Stanford University Press, 1968.

Miner, Earl Roy, Robert E. Morrell and Hiroko Odagiri. *The Princeton Companion to Classical Japanese Literature*. Princeton: Princeton University Press, 1985.

Mostow, Joshua S.. *Pictures of the Heart*. Honolulu: University of Hawai'i Press, 1996.

Rexroth, Kenneth. *One Hundred Poems from The Japanese*. New York: New Directions Publishing, 1964.

Schulte, Rainer and John Biguenet, eds. *Theories of Translation*. Chicago and London: The University of Chicago Press, 1992.

Sōgi. "Pilgrimage to Dazaifu (*Tsukushi no Michi no Ki*)." Translated by Eileen Katō in *Monumenta Nipponica* Volume XXXIV, Number 3 (Autumn 1979): 333-367, 364.

Stewart, Frank ed. *The Poem Behind The Poem: Translating Asian Poetry*. Washington: Copper Canyon Press, 2004.

Tsumura Kimiko. *The Love Letters (Fumigara)*. Translated by Roy E. Teele, Nicholas J. Teele and H. Rebecca Teele in *Ono no Komachi: Poems, Stories, No Plays*, pp. 211-220. New York and London: Garland Publishing, 1993.

Wheelwright, Carolyn, ed. *Word in Flower: The Visualization of Classical Literature in Seventeenth-Century Japan*. New Haven: Yale University Art Gallery, 1989.

■参考文献（日本語）

有吉保（全訳注）『百人一首』講談社学術文庫、一九八三。
あんの秀子『人に話したくなる百人一首』ポプラ社、二〇〇四。
糸井通浩（編）『小倉百人一首を学ぶ人のために』世界思想社、一九九八。
犬養廉ほか（編）『和歌大辞典』明治書院、一九八六。
井上宗雄『百人一首――王朝和歌から中世和歌へ』笠間書院、二〇〇五。
――『百人一首を楽しくよむ』笠間書院、二〇〇三。
大岡信（編）『百人一首――王朝人たちの名歌百選』世界文化社、二〇〇五。

片桐洋一『歌枕歌ことば辞典（増訂版）』笠間書院、一九九九。

久保田淳・馬場あき子（編）『歌ことば歌枕大辞典』角川書店、一九九九。

佐藤安志『絵入り百人一首入門』土屋書店、二〇〇三。

嶋岡晨『百人一首を歩く』光風社出版、一九九五。

島津忠夫（訳注）『新版　百人一首』角川ソフィア文庫、一九七三。

島津忠夫・上条彰次『百人一首古注抄』和泉書院、一九八二。

尚学図書言語研究所（編）『百人一首の手帖――光琳歌留多で読む小倉百人一首』小学館、一九八九。

白洲正子『私の百人一首』新潮社、二〇〇五。

鈴木日出男・山口慎一・依田泰『原色　小倉百人一首』文英堂、二〇一四。

田辺聖子『田辺聖子の小倉百人一首』角川文庫、一九九一。

谷知子『カラー版　百人一首』角川ソフィア文庫、二〇一三。

――（編）『百人一首（全）』角川ソフィア文庫、二〇一〇。

――『和歌文学の基礎知識』角川選書、二〇〇六。

三木幸信・中川浩文『評解　新小倉百人一首』京都書房、一九九五。

目崎徳衛『百人一首の作者たち』角川選書、一九八三。

吉海直人『だれも知らなかった〈百人一首〉』春秋社、二〇〇八。

――『百人一首への招待』ちくま新書、一九九八。

――『百人一首の新考察――定家の撰歌意識を探る』世界思想社、一九九三。

あとがき　翻訳者紹介

小山太一（こやま・たいち）一九七四年、京都府生まれ。イギリス・ケント大学英文科博士課程修了。立教大学文学部教授、英米文学翻訳家。著書に *The Novels of Anthony Powell: A Critical Study*、訳書にジェイン・オースティン『自負と偏見』、イアン・マキューアン『贖罪』、トマス・ピンチョン『V.』（佐藤良明との共訳）などがある。

文春文庫

英語《えいご》で読《よ》む百人一首《ひやくにんいつしゆ》

定価はカバーに表示してあります

2017年4月10日　第1刷
2024年11月15日　第6刷

著　者　ピーター・J・マクミラン

発行者　大沼貴之
発行所　株式会社　文藝春秋

東京都千代田区紀尾井町 3-23　〒102-8008
TEL　03・3265・1211㈹
文藝春秋ホームページ　https://www.bunshun.co.jp

落丁、乱丁本は、お手数ですが小社製作部宛お送り下さい。送料小社負担でお取替致します。

印刷製本・TOPPANクロレ

Printed in Japan
ISBN978-4-16-790841-6

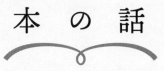